楓香與蒿苣

陳德錦

目錄 —— contents

卷一 地緣

卷二 本色

卷三

藝境

卷四

史臆

卷一

地緣

∴ 清邁的聲音

傍晚，在曼谷轉機返港，候機室內已是粵音如潮。忽然有悔，假如多留一天才離開，就可以多享受一天清邁的寧靜。

清邁不是小鎮，更遠非鄉村，都市化的步伐從未停頓。雖然是泰國第二大城市，但人口只有二十萬，還不到曼谷的二十分之一。下榻於舊城區一所園林式旅館，早上，斑鳩一聲聲在樹上低叫。雨點清脆地落在芭蕉上。偶然一陣腳步經過走廊，別無殊響，渾然不覺身在市區。

這樣的寧靜，是七百年前孟萊王所帶來的。孟萊王於十三世紀末征服哈里奔猜（Haripunchai），統領泰北，在此建城，開始了二百多年藍那泰王朝。兩公里見方的舊城區，就是皇城所在。橘黃色的城牆猶存，護城河分隔了馬路的兩條行車線，綠樹成蔭。城內沒有高樓大廈，沒有百貨商場，也沒有太多的汽車行走。但佛寺處處，舉目不難發現寺院的尖塔，在平房的空隙之間伸展出來，像一束冥想，一剎那的禪定，融入了一片碧青的梵天。

清邁是藍那藝術（Lanna Art）的重鎮。在泰國藝術史上，藍那藝術佔有重要的篇幅，其淵源是印度北部帕拉王朝的藝術，又受哈里奔猜、南部的素可泰（Sukhothai）藝術影響。藍那時期的藝術家，在取法印度和錫蘭藝術之外，也流露自身的風采。以佛陀的造像來說，大部分臉頰豐滿、髮綹濃密，堪稱是「獅子相」。至於雙目淺閉，眉彎柔和，眼部曲線清晰而突出，配以輪廓分明的嘴唇，更顯佛陀冥想時的肅穆和恬靜。藍那泰王朝信奉小乘佛教，藝術上雖缺少了多神崇拜的色彩，但吸收了印北藝術的寫實成分，佛陀的容貌更顯人性。

像一切寬容的藝術流派一樣，藍那藝術對其他藝術兼容並蓄，而成渾樸、自足、多樣的面貌。當緬甸人在一五五八年佔據泰北之後，藍那藝術便走下坡。雄健如獅的佛雕、渾然天成的銅像和精鏤的器皿已不多見，取而代之是輕便的木器雕刻，式樣更為世俗。活在異邦人的統治下，民族想像自必萎縮。給藝術家無限靈感的宗教氣息，也似游絲一樣，飄零散失了。

在清邁第二天，登上海拔二五六五米的茵他暖山（Doi Inthanon）。茵他暖山是泰國最高峰，喜馬拉雅山的支脈。相對於世界屋脊，茵他暖山僅是它宏偉的胳膊上一個指頭。但當汽車仍盤纏於山路時，如煙似霧的氤氳已自遠而近，包圍周邊的空間，白茫茫一片，前路幾不可見。回頭早已不見樹林，遠望也只見一抹一抹的山嶺，在白茫茫的霧中若隱若現。雨飄來，霧飄來。寒冷來襲，在我的體外凝固。七月盛夏，這裏還不到攝氏十三度。冒着風雨攀階，登寶塔，佛陀異常寧靜地端坐殿內。高山上，充滿了聲音的對比。

幽谷裏的聲音更細、更動聽，那是瀑布的長嘯和低吟。國家公園裏有不少瀑布，不但可觀，也可聽。我路過瓦戚拉姆和湄干兩個瀑布，瓦戚拉姆有一個很大的俯衝點，勢如奔馬，旁邊的幾縷小瀑，垂掛如絲，只屬主瀑的附庸。其聲嘩嘩，很快墜入了坻平的深谷。湄干瀑布則有兩三個坡度，岩石或大或小，形狀參差，崢嶸突兀。聲響雖不若瓦戚拉姆，但岩層多變可觀。

熱帶雨林是另一種寧靜。在湄賓（Mae Ping），我坐在由素輦（Surin）出產的大象上，渡河溪、入森林。巨大的象足，在狹窄的泥濘小路緩行。這些被森林覆蔽的小路，彷佛是由它們一步一步開拓的。陽光從闊葉林投下來，無數生命在溫熱中孵化、生長、蛻變。蛹化為蝶，蜂釀成蜜，果樹結出纍纍的龍眼和荔枝。下了象背，我坐在一隻竹筏上，沿溪而下。水靜如無流動，偶遇急湍，撐篙人把長篙輕輕一點，就渡過了。只是大象在河邊洗澡和進食時，叫聲噱噱，以一點野性的喜悅，點綴着有點荒涼而寂靜的山林。

黃昏，慢步於舊城區，遙隨兩個黃衣沙彌的背影，走進清邁古舊的清曼寺。這時正殿剛有法會，一片頌經的聲音響徹庭園。幾隻大狗守在殿階上，一動不動。見此情狀，不宜再前行，便繞過殿後，但見一座古樸的佛塔，四邊的壁龕以大象為雕飾，金光閃閃的尖頂，伸向高空。旁邊的一座較小的殿堂，恰正無人，便脫鞋進殿，但見一室壁畫，暗裏生輝。佛陀跏趺而坐，左手作降魔印，以示大地。痛恨噪音如魔鬼的人，於此應了悟禪定之難得。

不少外國人喜到清邁，一留逾月，也許是不喜歡曼谷的喧鬧或普吉的消費，也許是像我那樣，感到一種特別的寧靜。但說得準確一點，每一種寧靜，都是由聲音烘托的。寧靜是因為我們還沒有放棄去聽：聽風、聽雨、聽梵音和市聲。這眾聲的交匯，起落升沉，成為了一個地方的特殊節奏，才創造了你所嚮往的寧靜。

在清邁，寧靜固然不錯，但只有聲音能告訴你身在何方。

二〇〇四．七．十五

還願到烏杭

坐高鐵到了桐鄉，貪便，轉乘計程車往烏鎮。司機在路上跟我聊些香港樓價的話題，渾不覺一直在現代化的公路前行，半小時已繞到子夜路，西柵大門在望。那種越走越荒僻越近鄉野的預期完全落空，面前是一個旅遊景點的入口，大批旅客正魚貫入場。

時近端陽，烏鎮的「香市」早過。日頭猛烈，走入西柵，就像茅盾〈春蠶〉裏的老通寶，「像背着一盤火」。安渡坊搭起了幾個木架子，掛着長長的藍底白花長布，迎着熱風在飄動，與青綠色的水道互相輝映。這一派古鎮風情，在昭明書院融會成一種文化的底蘊。昭明太子蕭統，曾跟隨老師沈約在這裏讀書，書院以此為標誌。這裏的確設有書室，訪客可隨意坐下展卷。書不太新，空調不足，女管理員坐在一角顯得沒精打采。我想起年輕時曾拿着一部宋版《昭明文選》標點，花了一個夏天，終於用紅筆標點了四分之一。

東柵、西柵市河兩邊的樓房，大多為一兩層的水閣，有石級通向河面，以便船艇停靠。這些水閣民居，並不像現代房屋那樣緊相靠攏、整齊而無稜角。反之，樓房參差成列、或高或低，與略微曲折的水道協調，款擺成一種清雅的韻致。據說是一個豆腐倌，因房子太小，想了一個辦法，在河面打樁，樁上架屋，於是板窗開在河邊，樓板下是水。水屋之間，不時有所分隔，更有水弄水巷，或有石級通市河，或有石橋跨對岸。

樓房的樣式參差，主調仍是粉牆黛瓦。高處可見突出的馬頭牆，牆上水戧翼然；低處則不乏欄杆和木樁，沿着河街迤邐。開向大街栗色的門面和長窗，點染着深淺不一的風霜痕跡。有名的店子均有牌匾、楝樑、櫃台。我在「茅盾故居」對面見到了「林家舖子」，卻是一間售賣浙江土產的小店，格局同電影版本的舖子也頗有出入（電影其實在湖州德清西河口取景），也許這店面是當年茅盾構思時所根據的原型吧。走過「張恒泰剃頭店」，果真有一個胖胖的理髮師正為人剪髮，也不知張恒泰是否他的父輩。已在西柵矗立過百年的老郵局，磚牆一片古色斑斕，門前有一個舊式郵筒，歷史一樣悠久。我即時寫好一輯明信片，投進郵筒，寄給香港的朋友。在東柵那邊還有一間門鎖店，一個長着山羊鬚的老人在裏面打鐵，專造舊式窗門的較子、鎖𨰲、門環。烏鎮的房屋，不少還是利用傳統而簡單的鎖具，工藝精美。

「林家舖子」因抵受不住政治和經濟的雙重逼迫而倒閉，讀過茅盾的小說，不禁唏嘘。為遊客而活化的傳統行業，因為不受經濟規律影響，看去卻不免帶着距離感。我身在的水鄉，彷彿遺世獨立，景區外的樓房越蓋越高，一個現代的烏鎮包圍着一個過去的烏鎮，兩者之間失去了連貫性和張力。

這失去的張力在杭州的幾天也出現，但沒有那麼強烈。旅館距西湖「柳岸聞鶯」不過二十分鐘腳程，我卻坐車先去了孤山，從「斷橋殘雪」、「平湖秋月」、西湖美術館、文瀾閣、西泠印社、吳昌碩紀念館、蘇小小墓一直走到蘇堤和「曲院風荷」。周密在《武林舊事》說過：「西湖天下景，朝昏晴雨，四序總宜。」畢竟仲夏時節，荷花還未吐蕊，然而湖邊亭台樓榭，倒是一片綠意。不覺想起張翥的長調〈多麗〉：「藕花深，雨涼翡翠；菰蒲軟，風弄蜻蜓。」時節雖未到盛夏，景致卻已預表。

這一小時不到的湖邊路程，遊人處處，卻沒有忙碌的意味。在「曲院風荷」附近的一個林園，種滿了枝葉濃密得的杉樹，舉頭不見天日。幾十個老人家三五成群坐在樹下品茶、聊天、下棋。是這裏風光獨好，還是杭州人善用光陰，我不曉得分辨，也不必分辨。離開杭州當日，還在「御街」上逛，想一登吳山。路上一個上海人聽見，熱心指點我經過一條石巷，登上吳山，走過伍員廟、東岳廟。山上原來有不少茶寮，同樣有大群坊眾在打麻將、喝龍井，一點也不「疲沓」。

南宋以杭州為京都，考古發現，今中山中路是當年的「御街」，可直通禁苑。踏足在當年趙家皇室天天行走的路上，卻感覺不到那氣派。「御街」上的鼓樓不是宋代建築，反而位在元寶街的胡雪巖故居，樓閣儼然，集一切江南園林之勝，富麗堂皇得使人誤以為是宮殿。至少，我在「御街」就沒有發現地下藏金庫之類的建築物。

為何要選「御街」投宿？恐怕不是近年這裏裝點出來的文化氣息。一個城市最漂亮的地方，例如湖邊的商業區，也許最缺少「靈魂」，而偏是最俗氣、最吵鬧、最不經修飾的社區才使人回憶。清河坊經過重新規劃，二十年代的西式建築保留下來，舊城的風味卻已大減。散文家俞平伯寓杭時說，由河坊街到羊壩頭（街名）是他最常留連的地方。一天清晨，我在這個範圍走了一遭，在後市街、高銀街、惠民街一帶悠轉。街道兩邊的梧桐樹青蔥可人，但若說梧桐可把市廛的烏煙瘴氣抹得一乾二淨，它抹去的同時是那霉濕古舊的氣味。回族羊肉店的騷味一點也傳不到街上，在路邊賣蔥包檜兒的那個平底鍋也不見煙火。時值楊梅盛產，挑擔的把紅彤彤的果子堆在簍子裏，在街邊叫一兩聲，或有路人買一兩斤品嘗。蜂擁搶購的情況，無論是茶葉或白酒，都不見出現。

黃昏後的清河坊，是一個全新改造的商業街。粉牆處處，鑲嵌了新式的商舖。這裏有打銀器的、吹玻璃的、刻圖章的、畫人像的、賣絲綢的、磨梳子的、炒茶葉的、做糕點的、煨叫化雞的、玩大宋沙包的……南宋臨安的繁盛，幾乎重現今世。

走過胡慶餘堂，有幾個坊眾在等着抓藥。大清早就來輪候，是習慣吧。藥店地方寬宏，側面有一個走道可通正廳，我略步入，見有一組石桌石凳，閒靜而超然，掩映於綠葉之間。這樣的庭園布局，才真正顯得今昔之間的距離。

離杭之前我到城北的拱宸橋去。這一帶已有新城的氣象，但兩岸保留下來的白牆黑瓦，多少也使人想起這裏曾是京杭大運河的起點。運沙船、運煤船仍絡繹於河上，同舊時漕運的全盛日子也許不可相比，但橋上百姓仍興味十足去看船。剛有一條長長的貨船轉舵時遇到麻煩，大家都看船長怎樣施展本領，把船身擺直，朝北航進。

起題我說「還願」，還什麼願呢？訪遊烏、杭，是二十年前的打算，因為要寫一篇很長的文字，論及中國的鄉土，而烏、杭是遊訪的一站。這樣去「行路」，是寫文章的準備；要訪尋的前人腳跡，以及他們的視景，正是文字和感受的本源。但當年沒有成行，只能在文字上追尋這種感性，雖然我知道總有些景物依稀似舊時。但水鄉已沒有烏篷船，西湖依舊嗎？我用手機拍下來的湖心亭就是三百年前張岱眼中的小島？走過那些橋和堤，我是否捕捉到黃賓虹的波濤、林風眠的秋色？杭州是這樣一個地方：湖山雖在，歷史飛逝；路過的人想留寓，留寓的人不想離去，彷彿還有一點什麼還未感受得真切，要再看一眼，要抓住一點什麼：「小樓一夜聽春雨」（陸游）……「樸素、寧靜、柔婉」（鍾敬文）……「夕陽光裏，街燈影傍的依戀」（俞平伯）……想起前人的描寫，終於還願來了。還願他日再來。

二〇一五・七

桂遊二札

灕江船上

遊船駛過「黃布倒影」，遊客從上層甲板回到艙內，灕江勝景的觀賞已接近尾聲。幾個小孩沒事可做，在過道上來回奔跑，熱烈地叫嚷。一位正欲小睡的女士忍受不住，喝止小孩。幾個家長（都是男人）聽到，覺得被冒犯，跑過來與女士「理論」。我耳朵不靈，聽不清楚理據，大概是：「小孩不吵鬧還是小孩嗎」。

小孩當然吵得有理。四小時的航程，除了吹吹肥皂泡和吃頓午餐，整個灕江遊程節目，沒有小孩參與的份兒。遊程的講解員是個戴眼鏡的斯文青年，當他倒背如流地說這塊石是「望夫石」、那個山是「童子拜觀音」時，小孩卻聽不入耳。你說這個山像一匹馬啊，他們會說「又不能騎的」，嬌裏嬌氣，還是要大人多給他們一點糖果。

對了，為什麼不帶點玩具到船上？可是這年代棋子或模型都過時了，那麼手機遊戲可以吧？可他們又不能人手一機——孩子多玩手機也有害，新聞說。女服務員見情況僵持不下，好聲好氣去分隔那位被「滋擾」的女士和動了氣的幾位父親。這遲來的勸架，使人想到「顧客永遠是對的」這句名言。雙方都是花錢坐船的客人，沒有誰對誰錯，要平息糾紛真不容易。

幾位父親撐小孩，大概不是不懂教、不願教，也許是不敢教。你可以問：「不懂教，為什麼要把孩子生下來？」但教孩子的方法五花八門，誰也不一定學得懂。不願教是惰性，日後還可以亡羊補牢。最怕是不敢教。內心恐懼不但難以產生「棒下出孝兒」的效果，將來自己老了，家裏的「小皇帝」卻長大成人，想起小時所受的夏楚，說不定就丟下老人不顧，獨自跑去旅行了。

但我也不敢猜想，女士要享受艙內的寧靜，父親們站出來撐孩子（他們沒有兄姊照看），是不是長久以來一孩政策的後遺症，或新興消費主義的作風？果然如是，我們同坐這條船，好應仔細思量如何補救。要省察的不是優生，而是「優活」——和平共融地活在賞心悅目的大自然中。

灕江古樸寧謐，給幾個小孩的喧嘩打破，但很快又復歸寂靜。寂靜中，陽朔在望。灕江水，流過多少歲月依然明秀，這時節，最好是能清清遊人熱昏了的腦袋。

登逍遙樓

離開桂林那天的早上，在三十六度高溫下走過棲霞橋和解放橋，打算到步行街買一點桂花糕。灕江遊船如鯽，載滿喝着冷飲的遊客在橋拱下穿梭往來。寬闊的橋拱這時已作了一幅偌大的蓋棚，幾個釣者在垂絲，打算捕捉幾尾熱昏了的過江魚。然而在這樣的天氣下，釣者、騎車者、散步者、無事可作的散心者，也表現得神疲力乏，只待江上吹起的清風。解決酷暑最好的方法，無疑是在河裏沐浴。這時恰有一人袒衣在江邊的石級浸泡，看去倒有點法國印象派畫家秀拉（Georges-Pierre Seurat）名作《阿尼埃爾浴者》的意境。

赫然看見對岸有一層唐代風格的樓閣，昂然突出於四周房舍之外。遊逛的趣味，不在原來行程規劃中往往最大。因此不管火傘高張，揮着汗過橋，走近這樓閣。

樓閣座落於一個高台上。走到台前，讀了上面的一篇碑記，始知這是重建的逍遙樓。不用買門票就可進入。樓是三層方形由寬而窄的建築。底層正門前有石階引向一個有檐頂的門廊，扁額題「鳶飛魚躍」四字。一組密集的棗紅色圓柱和梁枋向左右兩邊圍攏，斗拱森然，毫無掩飾卻又細密精妙，布局均稱，予人穩重可靠的感覺。

林徽因在〈論中國建築之幾個特徵〉指出：「中國建築敢袒露所有結構部分，毫無畏縮遮掩的習慣，大者如梁，如椽，如梁頭，如屋脊；小者如釘，如合葉，如箍頭，莫不全數呈露外部，或略加雕飾，或佈置成紋，使轉成一種點綴。」

傳統樓閣建築能化腐朽為神奇，把部件變成美感的裝置，當然，它還有重要的功能。林徽因提及「城樓」的作用：「站在上面俯瞰城郊，遠覽風景，可以供人娛心悅目，舒暢胸襟。」（《北京——都市計劃中的無比傑作》）中國古代建築的三大理想——實用、堅固、美觀——逍遙樓可說完全具備了。

最早的逍遙樓建於初唐，由李靖負責修建的桂州城牆東面。歷代重修多次，最後的一座毀於中日戰爭時期。因為中國建築學代代相傳，樓閣的規模仍如舊制。踏上寬厚的木梯，樓內不見擺設，顯得清雅無塵。四壁掛滿書畫，有些頗可一看，但我的興趣只在樓閣本身。登樓縱目，灕江在前面橫臥，跨江的大橋通向碧綠幽森的七星岩。絡繹不絕的交通，正顯示一個走向現代化的桂林市。

中國大城市，競尚興建摩天高樓。傳統的木建築已鳳毛麟角，即使保留下來，也給遮擋了，無法作觀賞的用途。重建的逍遙樓，四面沒有高廈屏蔽，只此已滿足了今人思古之情。想當年，假如岳陽樓是一座雕飾瑰麗的宮殿，范仲淹不會想像它能使志士產生「先天下之憂而憂，後天下之樂而樂」的心胸，而懸在角梁上的銅鐘假如發出清響，也不會引起將士守城禦敵的警覺性，反之，只似是百年無事的日子裏一闋吟風弄月的雅調吧。

但世事紛擾，總有一個暫得解脫的時刻。此際無高朋也無美酒，仍能讓我獨享人生幾何的剎那逍遙。群山在望，我化身為樓，有時靜立，有時奮飛，飛越無數朝代，像駕着一隻竹筏，浮游於歷史長河中。

靠着欄杆在想，額上的汗水漸漸乾了。臨行，好一陣清風隨來。

二〇一七．八．十五

烏敏島的雷雨

以為不會發生的事發生了——雷暴。

到烏敏島，乘渡輪，從樟宜村出發，一刻鐘可抵埗。渡輪每次限載十一人，職員打開閘門時，認真地點點人頭。還剩兩個空位。一行三人，只好等下一班。午後，在島上略走一匝，大雨便來了。半點鐘前，雷聲隆隆，恍若飛機在高空投彈。我們雨具不足，沿岸邊走過一列「奎籠」（Kellong），急躲碼頭所在的涼亭下。不旋踵，雨就撲過來了，甚麼傾盆、滂沱、瓢潑，都不足以形容來勢之猛、持續之久。

雨來時，涼亭外邊像一堵水牆，魔幻故事一般，擋住要進來的人。記得在湖邊碰見的一個旅人，架起長鏡頭，捕捉白鷺散步的情態。「我來觀鳥，從香港來的。」他站立的地方，是花崗石礦的邊界。島名 Pulau Ubin，馬來語即「岩山之島」。岩石開採後，留下一個又一個礦坑，日久而成湖泊。本來不自然的地貌，反而與雨林和蘆葦混成一片，變得自然了。

雨中，那些還在島上的人能躲到哪裏去？在小路上碰見一群少年學生，軍訓一樣邁步，要在島上紮營。幾個金髮遊客，騎着單車鑽入雨林，大概到西面看日落去。有一個馬來人，高而瘦，瘦而黑，採了一顆碩大的榴槤，不斷在林中搜尋。我們身在雨林，不知島上自然資源這樣豐富。想起了一幅圖畫：百多年前的樟宜，還是熱帶雨林，一個少年，採摘了一把棕櫚葉，走過一條顫巍巍的樹幹。巨大的樹幹倒下來，用作一道小橋，橫臥水面。

島上有落戶多年的潮州人，村裏有廟，有舞台。適逢盂蘭節期，舞台上一對生旦，手牽手相依偎，低唱一折潮劇。戲台前排了一列座位，點起一份一份香燭，但一個村民或遊客也沒來，一架攝錄機卻在香燭旁邊架起。演戲的認真着力，彷彿前面已坐滿觀眾。神功戲，神人共娛啊，演了一年又一年。

頃刻，雨牆像屏風，把先前這些景象都擋住了，但烏敏島上一切不變。小艇駛來時，掌船揮手叫我們下去。剛好還剩三個位子。一個單身漢一聲不吭登船了。一對中年歐籍遊客跑來涼亭，夫婦兩人胖乎乎的，衣衫盡濕，胖女人濕得襯衣幾乎變成透明，毫不尷尬地上了船。

船開了，不多不少也是十一人。一刻鐘不到，渡輪又回來了。我們登船，掌船再點人數。星洲人守時依法的習慣，在細節上完全表現出來。

暴雨漸漸變成疏落的點滴。船上一對年輕的金髮男女，帶着手機互拍，也不忘在臉上頻頻輕啄，彷彿欣慰藍天綠水在樟宜再現。

從未遇過這樣的雷暴。再次踏足富有規律的獅城，總覺得烏敏島的雷暴是一場夏日的夢——就像畫裏百年前樟宜村的情景。

二〇一六・十

高雄公園的鳥聲

捷運站的電梯把我載到地面。中央公園是一片綠。雲是稀薄了些，但至少有草，有樹，有水。即使是暑氣，也是帶來期待的。

走近樹蔭，一襲涼風徐來。腳下有一片濕地，草在上面生長，一隻體型很大的金背鳩在啄食，有人走近，也不飛走。要是你無意中踩在濕潤的草地上，鞋子褲管弄污了，就會埋怨：「這片爛泥，怎會出自大師的手筆？」的確，公園是由著名的英國建築師羅傑斯（Richard Rogers）設計的，設計理念來自紐約的中央公園。羅傑斯要給居住於鬧市的人走進公園便享受到大自然。這道理不難明白：公園是我們的家，而不僅僅是一座龐大的擺設。公園的用途，不在於滿足學術討論和遷就民意，而必須回到一個基點：樹木為人而種植，鳥聲必須來自大自然。

高雄舉辦世界運動會，旅遊交通特別興旺。「八五大樓」、「光之穹頂」、「愛河夜色」，成為明信片和廣告裏的地標。但這台灣第二大都會，要擺脫灰濛濛的色調，成為有文化意味的地方，不在於依靠現代事物，舊建築也擔演了重要的角色。

高雄舊名「打狗」，這是日治前的名字，語出於當地番族，原意是防禦敵人的刺竹林。閩南語將音造字，定名打狗。日本人嫌名字不雅，改為近似的日音漢字的「高雄」。打狗在咸豐年間開港，英國人在此經商，一八六五年設領事館。這棟座落於高地上的紅磚建築物，本為官邸，經修建後成為遊人常去的景點，已歷一百四十年風雨，是全台灣歷史最悠久的西式建築。由番族命名到現代都市，「打狗」這個俗名給保留下來，台灣人沒有嫌棄它的身世，反而珍而重之，這就是歷史帶來的人文深度。

上世紀七十年代我初到香港，那時還有不少古舊的建築物，畢打街的中環郵局、上環街市、天星碼頭等更是常到的地方。現在已拆的拆、改建的改建，逾百年歷史的建築物所餘無幾。八十年代，香港政府注意民生經濟，忽略保護古物。赤鱲角機場的動工，使北大嶼山地貌大變，村落成為公路，舊名改為新名。為了討好到迪士尼公園作樂的遊客，陰澳改稱為「欣澳」。這種把意義完全翻轉過來的命名法，不啻把歷史粉刷為商品。

大雨中，走進打狗英國領事館，一邊避雨、一邊瀏覽室內的展板解說，由領事館歷史一直說到台灣自然生態。論設計外貌，領事館並不引人注目。有拱圈、迴廊的建築物在香港也有一些，但台灣人不忘過去，在這座外國官邸上追溯自己的歷史。看見遊客興致甚高，雨中還在餐廳喝英式下午茶，不由得想到海峽那邊：有沒有一兩個遊人站在尖沙嘴紅磚鐘樓下，緬懷與長輩郊遊的日子——柴油火車在這裏起步，緩緩向沙田、大埔、羅湖前行？

午飯後跑到高雄市立美術館，剛巧正有大型的展覽，名為「變異中的高雄風景」。這個展覽試圖通過繪畫和攝影，重現高雄的歷史面貌。在油彩和影像的定格裏，六十年代的風景，像西子灣的日落、紅毛港的街巷、旗後山的燈塔，還有騎車的兒童、飄浮的縉筏、請水迎神的活動，都活現眼前。但正如主辨者說：藝術和文學，不可能完整反映一個城市的歷史，觀看者必須帶着懷疑的眼光，不但要主觀介入（involving）藝術作品的世界，還需以客觀的資料為輔助，印證比對。在日治時期，攝影家大多捕捉優美的景色，反映政治清明的一面。在戒嚴時期，不少重要的軍事地點，並不開放給畫家寫生。為求觀眾能看得全面，場館內同時展出高雄的歷史、地理、藝術類圖書，讓人隨意瀏覽。這樣的展覽，既有角度而不顯散漫，也不用「即食」方式，把地方景觀簡化成普及教材，去應付一群不愛思考的遊館者。

在中央公園旁邊，有一座高雄文學館。館內有高雄作家的介紹，有書可讀，還有不少定期舉辦的文學活動。這樸樸實實、沒有粉飾的一個文化空間，見證着高雄文學的春秋。時光雖遠，血脈仍相連。今天各階層、各年紀的香港人，是否也有意識去追溯自己的文化和歷史？到那麼的一天，當香港人都不說粵語，當過去一百年的詩歌、小說、報章專欄都變成故紙，同電子化、數碼化的生產脫離關係，可否想像，未來如真有一座「香港文學館」，這文學館是否還能給觀賞者一道立體的「時光軌跡」，叫他們 involving 其中，安身立命？

到了冬季，高雄中央公園就有另一批候鳥飛來，在濕地上休憩，在樹林裏叫喚。到來休憩的人，也可到文學館看書、到茶室喝茶，閒話家常談到小說中的街巷、詩歌裏的風景。所謂「中央」，是地理位置，不是統一話語權，也不是定位於一尊，而是站在眾人之間，觀照八方，不偏不倚。這才是理想的人文環境，使人能安身立命的 cultural district。

二〇〇八・八・二十

願望之泉

——音羽之瀑的聯想

高氣壓帶來的熱浪，一波一波，蒸籠一樣罩住整個京都。走到清水寺的音羽之瀑前，看見旁邊的茶屋在賣冷飲，不自覺走進去，叫了一客宇治綠茶刨冰。說是瀑（日語是「瀧」），其實是三線細細的水流，左、中、右地從山澗注入小池。遊人在廊下排隊，拿着長柄杓子，隨意在其中一線流水勺水，往嘴裏送去。

七月十七日我來京都時，祇園祭剛好進入尾聲，沒趕得及看見「山鉾」、「長刀鉾」的盛大巡遊，卻見大路邊有些祭壇，掛了一些白色的燈籠，整整齊齊像一列商品。祇園祭是著名禳災節日，今夏關西地區既有地震復有豪雨，幸沒有更惡劣的瘟疫隨之而來，或竟是「長刀鉾」及時出現，把瘟神鎮壓下來了。這時節日本人的敬天意識應該達到最高峰，市面卻一片平淡，畢竟時代不同了。

遊人多來自中、韓，有些租來傳統的和服，在石階上三三兩兩走着，酷暑天大汗淋漓，扮相沒可能像祇園藝伎或櫻花下的新人。但要是融入異國風俗，在音羽之瀑前輪候生命中僅有的一杓子水，則多麼酷熱的天氣都可抵償吧。

為何這一杓子水是生命中僅有？泉水特別甘甜還是含有特殊的礦物質？非也。據說這三線泉水分別代表名利、愛情、壽命，選擇其中一線泉水，盛一小杓飲之，就能助長福氣。反之，過量飲用則福祉減半，兼飲三泉則不但效果不彰顯，更恐帶來不測的禍患。

這樣說，跑來音羽之瀑飲水求福，一生一次便足夠了。假如效果不彰顯也不必再來，泉水不靈驗了。

茶室裏有空調，刨冰融解得較慢，我多坐一刻，想起了許許多多關於許願的故事。賀伯爾（Johann Peter Hebel, 1760-1826）的〈三個願望〉也許很多人還記得。一對小夫妻得仙子答應滿足他們三個願望，烤馬鈴薯時妻子脫口說最好能配以香腸。香腸果然跳到碟上，丈夫卻因為妻子輕率，半詛半怨道：「但願香腸長在你的鼻子上！」第二個願望竟又實現，妻子有了一張難看的臉。夫妻倆無奈，只得使用第三個願望讓香腸脫離鼻子。

這故事不是教訓我們「想好願望等仙子來」，而是要知足。第二個故事是托爾斯泰著名的〈一個人需要多少土地〉，出身窮苦的農民帕霍姆，一次又一次實現了擴充土地的願望，卻貪得無饜，因不能在日落前跑完一圈而失去一片廣闊的土地。當然，托翁的教訓也不單是知足，而是生死攸關的大道理，結局因此不是願望折半或失落，而是帕霍爾為此丟了命。

音羽之瀑的許願方式，也隱藏着知足的信息，而且合乎生命之道。試想：假如求得壽命延長，那麼所得到的愛情或成就自更綿延深厚，無須同時疊加。設若自感愛情和成就不足，單求兩者之一以達均衡便可以，不用再求健康長壽以圖非分的幸福，因為一個正常人無法消受重重疊加的福分。變成唐璜或變成帕霍姆都是災難。富翁也不容易與人共享情感，電視連續劇刻畫得多了。那杓水不能多喝，不能亂喝。

然而天氣這麼炎熱，能多求一絲清風嗎？看來也是不能。《傳道書》說過：「上帝一切所做的都必永存，無所增添，無所減少。」地球變暖而產生極端的天氣，禍端之一，是人類過度使用能源、排放過量的廢氣。上帝或者大自然不過把理應如此的後果反映出來，假如這規律竟會顛倒，不減廢氣而天氣越清涼，那麼上帝就沒有垂訓於世人了。

吃罷綠茶刨冰，本來想多要一瓶可口可樂，但見這茶屋的冷凍箱不斷在消耗電能，立時斷念。音羽之瀑提醒了我要知足。

二〇一八・七・二九

大街以外的寧靜

在澳門生活過的人，心中都有一份屬於澳門的寧靜。少年時，家在市中心一條淺巷，頗見湫隘，但不近塵囂。舉頭即見一枝挨一枝晾衣竹掛幾戶衣衫，由窗戶伸向對屋，天空即使呈現一片海藍，也僅是一道隙縫。鄰居女孩在門前穿珠片，針線上落也沒有些許聲音。賣麥芽糖小販或「收買爛銅爛鐵」的也不常走進來，要不然會在門前大吼幾聲。有人偏嫌這巷子太靜，扭開收音機，任由電台播送一些免費娛樂。我聽得最多、印象最深的，不是廣播劇而是古典音樂。鮑徹利尼的《弦樂小步舞曲》，每星期總聽到兩三次。也許是節目的前奏吧，但這首曲子，清澈如水，注入清冷的巷子，只把寧靜襯托得更幽遠。

大街的熱鬧是無可躲避的，這裏畢竟曾是澳門第一條商貿要道。我常去哥林麵包店買方包，到美華文具店買習字簿，當騎單車、機車的，在身邊飄忽而過，或打鈴或響號，我便會走到狹窄的人行路上，同街坊擦肩而過。假如隨同母親走進菜市場，活雞的啼聲、鮮魚的跳撲、買賣的叱喝叫嚷，更不可能給你一絲寧靜。喧囂也是生活一部分，尋找寧靜，本來不難。大街與庇山耶街之間，有一些巷弄相通，怕喧鬧，走進這些小巷就彷彿遺世獨立。當然，有一些居民還是擺着收音機播放粵曲，猛搖蒲扇，撥走暑氣。假如遇到一隻脾氣暴躁的狗，見你走近也就以吠聲驅趕。

記憶中的市聲高低起落都像日升月沉，節奏有致如同平常的生活。造藤器的那噴火槍也不常吐焰，要不然我會留駐看看他如何處理一堆亂藤的是非曲直。巷頭剪刀店的電磨也不常開動，要不然我也會瞧瞧火光迸射的一剎那奇景。

寧靜得於微妙的聲音烘托，這在澳門最為真切。有一次為了看病，因醫務所在雅廉訪大馬路，必須坐車。從前我認為澳門最高尚的住宅區就在雅廉訪一帶，因此坐上一輛三輪車遠赴此地，雖說看病，其實是一次美妙的人生體驗。同車夫議定車費，我們就坐在那狹窄的車座上揚長而去。那時由草堆街到雅廉訪，要先繞過大街出新馬路，再由水坑尾經荷蘭園，到達有一列榕蔭連貫上下、兩旁是黃色屋牆的寬道。這是一般車伕常走的路徑。當三輪車走入荷蘭園，大街的喧鬧就漸漸消失，三輪車夫持續的踏板、換檔，以及車軸運行時發出的微細聲響，好像一種神奇的催眠，短短一刻鐘，把我由一個墟市帶往一個幽靜的花園。若選世上一個人口密度最高的城市，劃出一個方圓半里之地，而同時擁有動與靜兩種生活情調，世上大概就只有澳門了。

最理想的生活是動與靜的糅合，體現在澳門獨特的樓房設計上。幾百年來，有傑出的建築師在這裏興建教堂、修道院、西式官署和學校，這些建築物空間寬闊，平時人跡稀疏，卻一方一塊的，把一個簡樸的小漁港塑造成一個中西文化交匯的名城。少年時我就讀的小學在南灣街，也是一幢西式三層樓房，花園樹木繁茂，走到花樹之下，除了雀語和蟲鳴，以及音樂室偶然傳來的琴聲，這寧靜也像永遠清新的空氣，可以呼吸得到。小時常到之處，常可享有不同的寧靜感覺。像白鴿巢公園，我愛站在高處遠望隔一衣帶水的內陸；像普濟禪院，最喜歡的不是去觀賞連理樹或訪尋《望廈條約》的歷史，而是那份鳥語花影的寧靜之趣。

舊式的樓房，不論是商舖、前舖後居或多伙間格，因為配合街道的設計，通常都是修長平正，前後劃分了兩個空間，屋中常有一個天井，可以納光通氣。草堆街從前是絲綢疋頭公司的集中地，有一家相熟的布店我常去溜達（其鄰舖也是布店，就是孫中山開設的中西醫館的前身）。這個店舖的屋頂有一個可以打開的小窗口，陽光就這樣直射下來，入夜才需點燈。澳門盡多這些房子，門前熙來攘往，後院有一方「靜」土，不少還有一口井。

澳門舊日的建築，是用空間來盛載時間的。你走進一個宅院，就被賦予了一個同現實生活有所不同的時間場域，在裏面你可享有獨特的視覺和聽覺經驗。傳統的「里」、「圍」仍是澳門街巷的特有結構，里巷之內是一群守望相助的鄰里，或閒話或竹戰或乘涼，外人走過只感到另一番人情味。

經修繕完成的鄭觀應故居，是澳門文物保護項目的一個重要成績。鄭家大屋是全澳最寬宏的一座私人宅第，宅內有水井、轎道、花園、廳堂和廂房，月門旁一列琉璃通花窗，彷彿透出桂香和竹影。這樣的建築，清幽雅淡，內可修身齊家，潛心著述，議古論今，外則與阿婆井周圍歐陸風格的房屋相頡頏，天光雲影之下，融洽無間。

最寧靜的地方，最能容納大自然的聲籟。記起一九八七年秋，家父因病入院，我由香港返澳探病，第二天早上，本來暖和的天氣忽然轉冷，氣溫由早上至中午急降攝氏十二度。寒流是由北風帶來的，醫院外面，陣陣蕭颯之聲，來自一排高大的樹木，但好像觸物皆動，顫聲如有節奏。我穿上兩件薄薄的外衣，無法截到計程車，只好冒風而行，渾身抖索。走過大三巴，直趨南灣，沿途避風躲雨，卻感卅載平生，從未有像此刻能聽到澳門靜中之動。但這動靜交替的氛圍，到南灣時忽然中止，因為這天恰逢每年一度的大賽車盛事，咆哮的引擎震耳欲聾，讓本來寧靜的小城跳動着現代的脈搏。

二〇一一・六・二十

在農莊裏觀自然之音

大自然攝影家最為人欽佩之處，是能在一堆凌亂無序的景物中設定框架，準確而靈敏地捕捉所見所感，在光影游移之際、按下快門的一剎那，超越凡俗的眼界，表現出景物獨特的精神。看了艾思滔（Edward Stokes）的影集，心有所動，趁春日未盡、路程不長，坐了半小時巴士到嘉道理農場，目的不在於置身畫框或鏡頭之中，而在體會紅塵中一片清景之趣。

這次重遊，距上次到訪已三十年。記得那時園內花木葱蘢，漫山遍野的杜鵑，以及開着淡黃、粉紅、雪白花朵的木芙蓉，十分奪目。農場在大帽山北麓，依山而建，利用有限的土地建造了不少梯田，農舍裏養殖了大花白豬，雞聲處處可聞。據說創辦人賀理士當年在高山上發現一棵橘樹，因萌開辦農莊的主意。氣候潮濕的高地本來不宜種植柑橘，這株挺立的橘樹，說明了這一方水土並不如想像中之澆薄。當年的農場本為扶助農民謀生，但近年都市擴張，香港的農產無法自給自足，扶助農民的計劃已無法貫徹。因此契機，農場近年致力保育植物品種，成為一個環保莊園，既保存了當年實驗農場的規模，也具有大自然野趣，故在名字後加上「暨植物園」。

隨一眾遊人乘坐園內的穿梭小巴，繞着彎彎曲曲的山路，到達最高的山嶺。在紀念亭向東面望去，是大帽山的主峰；向西望去，一層薄薄的煙霞縹緲處，是錦田的市集。在紀念亭到觀音山的一段路上，繁花吐艷，這裏一叢那裏一束，由連翹到石斛、由薜荔到藍花藤，花期月月不同，品種之多、形貌之奇麗，堪稱香港所僅見。要培植罕有的植物，關鍵在於讓其抵抗不利的環境。蘭花要供養於溫室，不能讓它暴露於酷寒或暑氣之中。農場利用冷藏法，使珍貴的種子可以延續命脈。認為樹木是粗生粗長、不必保護，這看法不夠科學。從百年前的洋紫荊，到最近的「香港海棠」，沒有自然環境作為搖籃，以及一群持之以恆的保育者，這類植物品種很難會被發現。

在人人爭相為其拍照的大白花旁邊，有另一個豬圈，一頭灰毛野豬在跑來跑去。這野豬不是要覓食，卻彷彿給人聲驚嚇，無處躲藏。園內的動物護理中心還有鸚鵡、麻鷹、領角鴞、赤麂等動物，觀賞價值更大。野豬經常破壞農作物，竟然獲得收留，目的正為年輕一代復修香港的生態。曾經是麻鷹家園的昂船洲，已與貨櫃碼頭連成一體；赤麂不慎墜入水坑，也是舊日新聞的話題。舉目無鳥、林獸絕跡，我們的環境已經扭曲到不容野生動物落腳了。

四月進園，錯過梅花吐蕊的時節，卻喜見枇杷和柿子能落腳本土。不禁臆想：「這大帽山麓的一角，是香港郊野的過去還是將來？」青少年時代，我們走進嘉道理農場，把這裏當作另一個郊野（卻不愛家畜的臭味），從沒想到今天它營造了值得深思細察的生態。愛遠足的人，那怕推着嬰孩車，也可以進園呼吸新鮮空氣。世俗化沒有失卻農場的理念，加入「觀音」這中國元素也相當恰切，因為閉耳、掩目，可得短暫的安寧，卻不可能感受到人與自然曾經這麼親近，也不可能對那無處落腳的鷹隼、隱遁無聞的奇花異卉產生憐惜之情。走過一道種滿幾十種蕨類的幽徑，拍了幾張照片，歎賞之餘，我想起自家門前一塊沒有青草的荒地。

二〇一一・五・六

去來東平洲

我彷彿知道城裏人為何要踏足這小島。

華南植物園幾位研究生在一篇報告指出：香港的東平洲，不但擁有天然的岩石景觀，更擁有二百種維管植物，其中藥用植物一百三十二種、食用植物共二十五種、芳香植物二十四種、油脂植物三十七種，還有飼料、鞣料、澱粉類植物，真是可觀、可用亦可「聞」了。舉例說，鹽膚木所包含的單寧就是鞣酸，可用於強化皮革製成品。報告還指出，東平洲適宜日後發展生態旅遊，特別是「海島森林療養中心」和「以植物探險為主題的環島遠足健身區」。

東平洲，在香港偏遠的東北面，地理上更似與大陸相連而不屬香港一部分，如今踏足已不是難事。碼頭在中文大學附近，每逢假日，登島探勝的人多得超乎想像。一艘街渡，擠滿二百人，開出後又駛來另一艘加班船，再擠二百人，噴着黑煙，浩浩蕩蕩向東北前進。

在船上，有一對年輕夫婦，帶着兩歲不夠的孩子。孩子坐不定，卻搶奪着大人的手機玩弄一番。我閉目游想：有一天當孩子得知小時候曾經踏足這國家級地質公園，會不會有點錯愕？對啊，我來過這裏，我爬過那些石頭，那時候這小島已不單是少年背包客的露營勝地，卻是家庭自由行的好去處。爸媽還為我拍了一張照片，帥極了。

不知不覺地，街渡駛出了吐露港，進入大鵬灣，人人的手機都發出提示訊號，覆蓋香港的網絡將會轉為國內網絡。船上人幾乎全都不動聲色，視之等閒，不再有幾十年前「出公海」時那種緊張心情。如今四海一家，地球村當然不限於在陸地。

碼頭在島的東北面，這叫船繞了一個小圈才靠岸。這島的地質特徵是坦蕩蕩的，靠北的海灘，單以目視已見一層一層的頁岩，像石造的波濤綿亙一線。這簡單地一層層疊起來的板塊也富有吸引力，就是不再前進多看一下其他岩石，我也覺得不枉此行。

怪奇為美，而美總不能缺少一個故事：東平洲的頁岩每一層厚一至五毫米，粉沙岩顆粒較粗，泥岩顆粒較細，層層相疊、紋理清晰。是白堊紀晚期形成的。當東平洲還被海水覆蓋，頁岩在缺氧、高鹽和靜止的水裏長期沉積，形成了層層疊疊的面貌，有時還可以在岩層裏找到石化生物。

地質學家的故事，跟植物學者的研究，是否遊人登島的理由，我無法肯定。大部分的遊人，也許為了散散心，也許為了別人的口碑，看看參差多變的岩石紋理，說來也算一次「生態遊」。其實島上的生態，他們不大關心，也不用他們關心。

走上山路，踏着露出地面的岩石，始覺小島是大石一塊，平坦如砥。這也是東平洲的宿命。還沒走到西面的斬頸洲，路上有折斷的樹幹，一些塑料條幅糾纏其間，寫上反對擴建郊野公園的字句。在碼頭附近的小村，門牆殘破，人口稀疏，也掛滿抗議的字句：「郊野公園蠶食村民權益，保育政策嚴重影響村民生活。」幾個月前，原居民還反對私人土地被劃入郊野公園範圍，把一棵大樹砍下來，聊作抗議。要是東平洲地勢陡峭，它受到的破壞就會減少許多。

每年的公眾假期、周六連周日，一年算來東平洲就有三分之一時間是對外開放的。村民即使可以靠遊客做點小買賣，還是得不償失。他們失去的是安寧閒靜的生活。三天就有一天幾百人登陸，拍照、吃喝、喧嘩，擠兌自來水、用塑料瓶塞滿垃圾箱，這一切，無疑扭轉了小島的生活形態。頁岩雖然堅硬，久經遊人踩踏，多少也會崩壞。然而來者沒多少會自認是「侵入者」：身份嚴正的香港人，為了舒展身心，登上東平洲，名正言順「遊公園」，有何可議之處？

我衷心期望有更多人欣賞這個小島，認真地去嗅嗅那些香草和香花，我更夢想日後島上有一個「海島森林療養中心」。但作為學術報告，越庖代俎也未必能成功推動旅遊業。我自始至終都不相信，遊客是看了報告才欣然登上東平洲的。

二〇一五・六・十五

大館張眼

沒帶雨具，進大館時，微雨拂額，天氣變幻之急速也頗如世情。大館有幾個出入口，不走荷李活道那邊，可從奧卑利街進去。偌大的「檢閱廣場」即時鋪展眼前，不同的是，你不再看見警察整齊的步操，也聽不到靴聲和哨聲。現在換了三五成群的訪客，在活化的建築群之間走來走去。

建築物最老舊的已超過一百五十年歷史。但遊客像我，不會先去確定建成日期的先後，順着次序瀏覽。決定這監獄建築群的價值是它的功能，不是它的建成年份。囚倉資格堪稱最老的是D座，現存的東西二翼在一八六二年落成，是所謂「放射型」囚倉的僅存部分。所謂「放射型」，是指幾個囚倉相連，形成米字型結構。據原來的平面圖顯示，這裏既用來囚禁重犯，也用作體操和勞動場地。向北的三座囚倉早已拆去，成為一片通風的體操場，還種植了兩三棵樹，環境改善了。

年資稍次的是營房大樓，落成於一八六四年，原有三層，因警員人數增加，四十年後加建第四層。屋頂原來的三角形山花消失了，濃厚的文藝復興建築格局不變，迴廊開闊，拱頂井然排列，使人幻想當年出入此營房的不是荷槍實彈的警員，而是咬着煙斗、拿着一本硬皮古籍慢步的學者。

微雨不絕。一個女導賞員領着訪客，走過昔日的中央裁判司署，不忘叫人看看貼在牆上的一張照片：「當年葛柏走過這道石級！」照片上與葛柏同行的是一個華籍警官，兩人臉上均有笑容，好像準備一起喝下午茶。一九七五年，葛柏被控貪污，由英國監獄被引渡回港受審。他下機時一臉絡腮鬍，常常兩手交握，遮掩着手鐐，使人印象深刻。葛柏曾任總警司，應該很清楚自己會在這個署所提堂，然後在離此不遠的維多利亞法院受審。在此期間，他就要在這裏充當階下囚。

所以，大館建築群具備了「一站式」司法流程——拘捕、過堂、關押、判刑、坐牢，成為殖民地時期效率最高的警務和法律中心。難怪旁邊街道也以Old Bailey命名：「奥卑利」是倫敦靠近法院的地名，那裏有一道舊城牆；大館的建築群四面都高牆森然，猶如城堡，相比之下有過之而無不及。但無論這裏審案、判案或快或慢，葛柏事件促使殖民地政府在反貪污的進程中邁出了一大步。

舊建築物原來的功能消失，活化，就是維持其外貌不變，但置換了其他功能。除部分空間留作展覽廳、為公眾介紹歷史外，就是讓餐飲、精品店進駐，以商業營運方式維持公眾對原來建築物的探訪興趣。世界各地都是大同小異這樣辦活化工程的。剛從日本關西回來，曾遊逛大阪城公園。天守閣旁邊，是更古舊的憲兵第四司令部，活化後，游廊下盡是食店和咖啡室。畢竟飲食、精品多嘗便無新意，香港的大館特別加建了兩座當代藝術館，黑壓壓的立體大樓彷佛從天而降，座落於百年前的樓房之間，撞擊出當代美學不和諧的張力。看來贊助者打算積極鼓勵市民入內觀賞丹青，培養多一點藝術情趣。

說時遲，那時快。雨已變成針、成箭，在紅磚建築物的游廊之間、在黑鐵鑄造的防火梯的空隙之間穿插，在地面形成一片片水窪。想像這些游廊和鐵梯曾有多少鞋子走過，響亮的腳步在執行那頑強的紀律。我走進一個囚倉避雨，觀看不斷播放的錄像。一切大案小案各類型犯罪等被濃縮成流暢的片段，每個訪探建築群的人都拿到幾份小冊子。

走進一個囚室，看見戴望舒的詩作〈獄中題壁〉出現在堊白的牆上。香港淪陷前夕，戴望舒正翻譯《西班牙抗戰謠曲》，所編輯的報紙也有抗日的內容。詩人被囚時間大約是一九四二年春天，那時大館已成為「香港島西地區憲兵部」，由牛山幸男掌管，期間牛山縱容部下虐待被捕的華人。至於刁難文人，特別是有點骨氣的，日本憲兵使軟也使硬，先拘禁、再逼令出席文化活動。戴望舒被拘禁於哪座囚倉已不可知，但不會比這「納米房」一樣的小室寬大。可以想像，個子高大又患哮喘病的詩人被關押時的痛苦。戴氏後得葉靈鳳幫助，始脫羈押。詩人受刑訊時損及肢體，故有〈我用殘損的手掌〉詩作。身體殘損之餘，更與留在上海的妻子穆麗娟鬧婚變，還有一個小女兒不能見面，家累情牽，四十五歲便鬱鬱而終，走完他人生曲折的「雨巷」。

但像其他名字不詳者的故事，詩人的故事也僅如此，與大館悠長的歲月相比，不過是短暫的附錄，何況日據的歷史已是另一種敘事。大館昔日的故事在香港人的記憶中已漸漸淡出了。人去樓空，淘空了的大館彷彿只剩下軀殼，變成錄像的背景，卻不能再灌注歷史。歷史已換了姿態，在館外延伸。

但幾時，那一排窗子
會一個一個的打開
讓那一片盤繞半空的烏雲
把季節和風雨
送進紅磚牆裏？

二十多年前，我路過奧卑利街大館閘口，圍牆感覺上比今天還高，還堅固。那時同樣是陰雲密佈、下着毛毛細雨，寫了一首新詩〈盲樓——過域多利監獄〉，把大館形容為一座沒有眼睛的建築物。如今，它終於張開眼睛，看到風雲後的晴明，自由進出的新時代訪客。

二〇一八・九・十八

作者按：大館，指中區警署建築群，現共有廿一座建築物，包括警察總部大樓、營房大樓、中央裁判司署、囚倉（六座），以及新建的兩座用作藝術展覽場地的賽馬會「賽馬會立方」和「賽馬會藝方」等。

卷二

本色

∵ 衣履

走過老街。父親的店子關了。鞋店不在。洋服店也遷拆了。

從小至今，對於西裝，我是頗有恨意的。明知穿起一身洋裝，猙獰的面貌會變得祥和一點，軟弱的聲線會變得堅強一些，迎面向你衝撞的人也會放慢腳步，但還是不願每天打起領帶，走入職場。八九歲時，要拍合家照，被逼穿上一套西裝，迎向一枝幾百瓦特、叫你面紅耳熱的聚光燈。小時候還不是那麼愛規矩，面對鏡頭，要酷肖大人道貌岸然，實在是苦事。照片中的形象，只是家長的期望或幻想而已。

西裝，那怕質料挺好、剪裁合度，都不能使我艷羨。那時候真正最愛的，說也奇怪，竟是一對靴子。看得西部片太多吧，那些警長或獨行俠，總愛穿一對長統靴，踢起一陣沙塵，威風凜凜。鞋店當然沒有這類靴子。我喜歡的是一種短靴。特點是鞋面光滑，沒有帶子和縫邊，鞋頭尖銳如劍鋒。這種短靴價錢昂貴，穿起來似浪蕩少年，不能進校門。每次買鞋時眼看着穿不得，心癢，只能攜回一對呆板的學生鞋，大有求不得之苦。

今天我穿鞋絕對不會選靴子。這類「革履」既緊且窄，不明白何以成為女性的喜好，更不明白那時會這樣迷戀。現在我買鞋只選耐用而不起眼的貨品，趁減價還可省一點錢。

很多親戚拍照都穿西裝，皮鞋擦得亮閃閃的，背景反而不計較。這是那時代的禮貌。最使人失笑的還是我的領帶。一個五呎不到的少年選什麼領帶呢？在父親工作的地方，一個架子掛着逾百條領帶，斜線、圓點、花紋……不論這些圖案符號代表什麼熱情豪放關懷體貼，都跟我毫無關係，沒有一條適合少年人。還是父親比較專業，他找來一條細碼領帶，解決了問題。

扣緊領帶，脖子很不好受，這使我更不愛穿西裝。雖然到了二十歲，那些隨着潮流變化的闊領、中領、窄領的上衣，幾乎全有。穿起來真似長大了。以後，我只在工作場所才穿整套西裝。婚後只添置了三四套，有兩套早因腰圍脹大而不稱身。我的衣櫥很寒傖，不像一些男士排列了二三十套戰衣，每套都叫主人想起他在職場上辛勤拼搏的日子，為他帶來一番自豪或感觸。

青年人必須穿西裝裝點自己的年代已過去了。今天人人更講究內涵多於外表。但現在大學生開會選代表卻也西裝畢挺，如臨大敵。我想起舊日父親的店子，想起那一套套高高掛在天花上的西裝，有時我也幫忙用長長的叉子把它們拿下來，給來客試穿。他們在新年時候換上新衣，總是神氣一點。

這麼多年來，我從沒有向父親購買過一套西裝。他自然不會叫我付鈔來買。他會建議我到洋服店訂做。大學畢業那年，我穿起一套訂做的，縫上自己姓名、深藍色的薄絨洋服，感覺更奇怪。我完成學業了嗎？我要到哪裏去幹活？我和這套自己專用的洋服之間，究竟建立了一種怎樣的關係？

二〇〇九・八・八

浴室

那年，聽到長輩說要去「大港」，就顧名思義，認為那是個水深港闊的地方。有一年寒假，在「大港」投宿，入住上環的亞洲酒店。酒店樓高五六層，二十年代建築，每層有一條狹長的露台作走道，住客經常在走道上擦身而過。幾個小孩擠在同一所房間，因為是在新環境，沒所謂習慣或不習慣。天冷，但不得不洗澡，熱水供應卻短缺，穿白衫黑褲的茶房只好忙個不了，拿沸水放進浴缸，一壺接一壺，不斷添水。浴缸，是橢圓形古典式的。我們洗澡好不快樂，哪裏知道香港的公共房屋多不設私人浴室。這類公屋居民，不管男女老幼，洗澡都要拿一個洗臉盤，還有毛巾、肥皂，冬天還要自備熱水。

從沒懷疑「大港」可以容納很多居民，它有的是土地。早上，大人帶我們到新界郊區遊玩，下午，再到市區探望親友。這樣走走，只覺「大港」真大。有一次在北角探親，要過夜，只好在附近一所小酒店投宿。這類小酒店或「賓館」，開設在一幢大廈的單位裏，即使少年的我，也聽聞是「風塵女子」經常出入之地。但那夜我碰不到特別的住客，房子倒真像電影裏的公寓，紫藍色的牆壁，有點羅曼蒂克，俗麗而非優雅。

定居港島後，房子雖有廁所，卻沒有浴缸。夏天洗澡用花灑，冬天也只能燒水放到桶裏。幾個表弟居於長洲，放假來港島，床子不夠，就在廳中席地而睡。連同一張大床和兩張雙層床，竟就安置了十多人。

到為人父親之齡，才遷入一個設有浴缸的單位。在廁裏解衣後，可以坐在浴缸伸展筋骨。「大港」近年人口大增，一家四五口擠在一二百呎的房子裏度日，比比皆是。有瓦遮頭，他們已覺幸福，擁有一套浴廁設備簡直是奢望。今天還有人居於板間房，往往廚廁不分，油煙與臭氣相沖，真是人間哀景。這樣的居住環境，同擁有不少美麗海灘的「大港」不相配搭。回想四十多年前在舊式酒店的浴缸裏泡浸，不勝唏噓。

∴/ 對時

在快餐店跟一個婆婆對坐，她拿出一隻手錶向我問時間，她要對時。「這隻手錶很準，」她說：「在小商店買的，才十塊錢。」我心裏笑道：「十塊錢的錶準確嗎？」但她的話撩動我的心思。

還未長居港島時，從沒想到要戴手錶，不單因為手錶值錢，怕丟失，更因為沒此必要。除非你獨自在一個小島上浪跡，迷了路，而又焦急地等下一班渡輪，否則你根本不用看錶。今天你手上有電話、路上有鐘錶店，除非你碰巧走進一家不掛時鐘的律師事務所，聆聽律師陳述法律意見，你也根本不用頻頻看錶。

但上學不能遲到，車不候駕船不誤點，家裏的掛鐘怎能作準？手錶廣告無孔不入、軟硬兼施，什麼防水防潮、時間就是金錢等等，假如腕上光光的沒有時計，就有不安全的感覺。我佩戴的第一隻手錶，是當年流行的「得其利是」（TUGARIS），當然是一款便宜的「學生錶」。後來給廣告吸引，對瑞士手錶有了信心，就換了一隻「雷達」（RADO）。這手錶採用碳化鈦金屬，號稱能「永不磨損」，黑漆漆的一塊硬殼箍在腕上。既是金剛不壞，便以為至少可多戴幾年。

無奈，手錶還是不明不白地停止跳動。最奇怪是，當我狠心傾囊換了一隻 OMEGA，認為它理應準確耐用，卻也以失效告終。也許我說不上得了「時鐘恐懼症」，但一生害怕鐘錶不準，幾乎成為心理定向。我沒有忘記，這裏是「大港」，「借來的時間」也好，「買來的光陰」也好，若不抓緊一分一秒，何以安身立命？現在腕上的一隻廉價石英錶，已經用了十年，行走準確，每天滴答作響。我相信它還能多用十年。

那向我問時間的婆婆，大概也是一生辛勞，這使我想起父親和他的手錶。他有一隻古雅的 BULOVA，是舊式上鍊錶，佩戴時要對時，也要扭動發條讓它保持運行，但我從沒聽他說這錶不準確。父親體胖，不愛走動，但時間觀念還好，也許太好了，總是在黎明時就趕一班九點開出的船。

本色

第一次看見「彩色」的香港，是透過一套風景幻燈片。把幻燈片插入一個小型放映器裏，按鈕使機裏的小燈亮起，前面的屏幕就把影像放大，眼睛湊近點就可看到風景了。大會堂高座、虎豹別墅、旺角夜景、沙田萬佛寺，清清楚楚就像電影《生死戀》中的景致。但《生死戀》還有小販市場之類的情景，這盒約二十張的幻燈片，沒拍到的、不會拍的地點還很多。翠綠的郊區固然可愛，挺直的大會堂高座也予人好感，即使旺角的霓虹光管雖然眩目但仍不失璀璨。只是虎豹別墅，這一個地標式建築，卻把我由好奇帶進驚訝。第一次進入別墅，沒給刀山油鑊猙獰的夜叉所嚇怕，還因為是在大白天。幸而大坑道旁一道溪澗，映帶左右，素樸單純，地獄怪異的色彩多少給沖淡了。

期待香港給我豐富的視覺經驗，要數六十年代的電影和報刊。電影是黑白片無疑，但背景忽然轉到「青山公路十五咪」，小汽車沿路飛馳，就使人有一種綠色的期待。書刊則除大量黑白照片，偶然也有一幀色澤濃烈的彩圖，萬紫千紅開遍才驚覺：「這不就是植物公園，在督轅府對面？」來到「大港」，無論如何都要跑去看看，好感受那花海一般的動感！當電視節目日漸彩色化，還連忙買了一部彩色電視機，把應有的本土色彩都由黑白還原為紅橙黃綠。

但是，當你靜心閉目，想想要把這裏當作一個長期逗留的「家」，這一鱗半爪的視覺享受算是什麼？你走在長街窄巷，與灰頭土臉的樓房日夕為伴，就要學懂去適應，欣賞，甚至珍惜。那時我看不慣舊宅樓房高矮參差、破落殘舊，一見「大港」有一種多層大廈，外貌一致、牆身刷得粉白，心頭就歡喜雀躍，「家」，不就應在其中的一戶？我就是愛它的舒爽高寒！特地跑去彩虹邨，看不齊七種顏色的牆漆並不失望，因為那牆身一致的粉白說明了這城市的本色。忘記了這底色、這「一切從零開始」的精神，不啻是拋棄了古人「素以為絢」的智慧。

香港社會板塊多元而混雜，像一塊色彩搗亂了的魔方，像為地鐵站大堂各自命題，紅色歸荔枝角，黃色歸黃大仙。我往日單純的「彩夢」卻早已褪色，也許快褪成老人額上的斑痕，記憶中只有一條清溪，水聲潺潺，流過了年輕的歲月。

∵ 鴛鴦

說「鴛鴦」是香港道地的飲品，我無法提出反對的證據。但三十多年前，在離香港不遠的一個小城，我親耳聽到有人在餐室揚聲：「一杯鴛鴦！」那些餐室自然十分簡陋，沒有過膠的餐牌，也沒有午餐、常餐之設。是否有餐室老闆發明這飲料，更無從稽考。大概是有客人這樣「柯打」，才有「水吧」（調製飲品的服務員）為客人泡製。最有趣的版本可能是：「一天，某餐室的伙計因為跟女友拌嘴，心情不好，有意無意把咖啡注入半杯紅茶上枱。客人呷了一口，竟覺其味無窮，深入查詢，始知是『咖啡溝奶茶』，於是街知巷聞，為人所愛。」

這當然是虛構。總之「鴛鴦」是什麼，餐室與客人早有默契。一杯「鴛鴦」

就是一杯「鴛鴦」，無須說明咖啡與紅茶的比例，也無須爭辯其味道或質感。反正是客人愛喝才落單，假如不信任這餐室，也不耐煩在裏面坐上一句鐘，讓一把舊式吊扇，習習地吹拂着一陣滲出杯沿的香氣，吹拂着手上報紙的頭版和副刊。

不管是否道地的出產，「鴛鴦」之名不脛而走、無翼而飛，餐牌雖沒有寫明，人人卻心照不宣。誰會認真討論它的好壞呢？這「鴛鴦」卻是如假包換的「大眾文化」。有人也許看不起它，說它是一種混雜而成的 hybrid，既剝奪了咖啡的豪邁濃烈，也破壞了紅茶的優雅細致。文化人會搖頭，說它反映了香港人貪婪兼併的心理、不講純粹的取態。但關心身體的人說：咖啡太燥，紅茶偏濕，「鴛鴦」正好取其所長、去其所短，燥濕互濟，實有益身心。

我非本土文化的捍衛者，但覺得像「鴛鴦」、「西炒飯」、「中式牛柳」等飲食，都應有其適當的品位。只要你選對了店子，水吧服務員絕對不會介意為你調弄一杯「鴛鴦」。看他一手提起咖啡壺，一手提起茶壺，合乎比例地，向透明的玻璃杯注入兩道熱流，姿勢並不特別優雅，然而，在電光火石之間茶啡同體，陰陽互補，東西文化就這樣調合交融，不離不棄。

我樂意見到「鴛鴦」在餐牌上出現（英文叫它 tea-coffee 或 yuanyang 也無妨），超級市場買到即沖即飲的包裝，飲食專家討論種種調製的竅門。但與其把它標準化，成為高級餐廳的時髦飲品——收費昂貴卻又品質淪落——倒不如仍讓它在民間流傳，仍讓我們坐在那至愛的餐室一角，一個水吧服務員為我們沖調泡製。既然「鴛鴦」是我們的文化，就應像文化那樣，自由地發展、演變、延續它的生命力。

罐頭

記憶裏最早食用的罐頭是再造奶，俗名「煉奶」。這「煉」字用得妙，千錘百煉才得這麼一小罐，要用溫水開。甜，不必加糖，小時候把淮鹽餅乾放入奶水裏，使其變軟，再吃，味道挺佳。

其次是午餐肉。食店裏早已有售。把罐裏的豬肉取出，切片，放油煎成深紅色。那濃郁的香味，任何肉類都煎不出來。放到白麵包中作三文治，取名「午餐肉」，卻多用作早餐。

要打開罐頭，最頭痛的事情，是使用開罐刀。旋轉式的開罐刀大概是七十年代才發明的，大大省力之餘，罐頭開出的邊沿也十分整齊。舊式開罐刀能開汽水瓶、能拔酒塞，雖輕便耐用，卻是一柄帶原始風味的工具。開罐時，要用上面那一把半月型小刀的尖端俯衝而下，在罐面刺開一個小裂縫，並在柄端重重拍擊一兩下，擴大那裂縫，小心地用這小刀撬開罐面。這整套動作，真要非凡的技巧。

開罐頭的訓練，從八九歲開始，就是暴動宵禁那年頭。解禁的時候，父親從外邊買罐頭回來。菜市已關閉多天，難得辦館還開，只是價格漲了。我們就是從小受訓，打開一隻隻厚薄不一、弧度不同的罐子，取用那些在好幾個月前已烹透煮爛、防腐兼消毒的食物。

通過開罐頭這關，餘下一切事情都簡單了。吃罐頭拉肚子，大概是因為太過油膩，而不是有毒。假如把罐內食物擱在空氣裏半天，就會變壞，這情況跟普通食物一樣。當然你必須看看罐底的製造日期，假如那年、月、日還屬未來，你便可安心享用。二十年前你看得懂那些數字真了不起。但有時招紙不翼而飛，我們也斗膽開罐。不吃，像垃圾一樣丟棄，太可惜了。

一百五十多年，英國探險家弗蘭克林爵士（Sir John Franklin）率領一百二十多人到加拿大西北極寒之地，帶了不少食物隨行，罐頭也不少。在白皚皚的雪地上，一群船員興致勃勃，遠望星垂平野的地極。飢餓時，就在孤伶伶的船上吃東西。他們逗留在北極兩年，忽然有一天，大部分船員無故暴斃，弗蘭克林也掉了命，那年是一八四七年。死因一直是謎。不久前，科學鑑證家才確定他們中了鉛毒。最可疑的毒素來源是罐頭，不是新鮮食物。

我同意寫《食物歷史》的 Fernández-Armesto 所說：罐頭已成為一種不可缺少的口味。一百多年前，食用罐頭並不講究。到了二十世紀，尤其戰後的歲月，罐裝食物不但建立品牌形象，更在消費者之間建立了真正的 taste。作為戰後的一代，我們完全不曉得罐裝食物的軍事意義，反正它有特別的 taste，那就逃不過我們的饞嘴了。

我們用「地捫」的切片菠蘿做點心，吃浸滿橄欖油的「葡國老人牌」沙甸魚。我們打開「鬱金香」和「長城」火腿午餐肉，鄉愁一樣取用美味的肉食。我們不認識那個繪畫「金寶罐頭湯」叫 Andy Warhol 的普普藝術大師，但我們喝了不少這牌子的清雞湯、羅宋湯、字母湯。曾經，我們愛吃罐裝菠蘿甚於新鮮菠蘿，愛喝字母湯甚於老火湯，做父母的要禁止也不行。他們不想孩子吃罐頭，本來一番好意；我們貪方便，養成不煮食的習慣，也很需檢討。

上帝創造世界，應許一切地上的生物可供人類食用。但短短幾年間，瘋牛症、禽流感、豬瘟以及受污染的海產，已把伊甸園那大自然食庫弄污弄糟。近日上超級市場，買一點很少吃的罐頭，驚覺價格飛漲。這恐怕是買的人多了，少吃了所謂新鮮但可能有毒的食物。罐頭技術越出色，正是污染越嚴重的年代，使人有不可回頭的感歎。

三四十年間，罐頭由代用品變成避難所，真是一個諷刺。也許，到了這個地老天荒的廿一世紀，我們要為有二百年歷史的罐頭寫下新的一頁。

二〇〇五．十．三

驚蟄
——也是香港回憶

又是三月天，本是「雷驚天地龍蛇蟄，雨足郊原草木柔」的日子，走過灣仔鵝頸橋，卻另見一番熱鬧。上了年紀的女人，坐在橋底一角，設爐焚香，手執一隻鞋子，向一張繪了人像的黃紙用力抽打。

這是一年一度的「打小人」節日。有些女人為自己打，也有些是受托的，由僱主提供受打人的身份。「打小人」習俗，淵源無法考證，但應該是民間道教符籙派的產物。這群上了年紀的女性（我不敢稱之為「巫婆」），不但撾之以履，更且咒之以嘴，向其目標「小人」的頭部、眼睛、四肢，各打足一定次數，鞋聲節奏均匀，咒語鏗鏘有致。不懂咒語者還有口訣印備可即時參考，什麼「打你個小人肚，等你日日畀人告」、「打你個小人口，等你有錢都唔識收」等，無論是音色或意義，均具本土情懷。惡毒的話，要念足百遍，兼且在那些象徵無恥小人的黃紙上施行剪舌、挖心、劏肚等刑罰，才算完成整個儀式。

請人「打小人」的大概有兩類人。一類可稱為例行公事，出發點是為求全年好運，免受小人侵擾，而實際上自己諸事順遂，生活得很好。另一類可說是時運不濟，終年晦氣，或生意阻滯，情場失意。假如小人有名有姓，則「打小人」便由泛打變成獨打，心中有了該等小人的面目，用一個心理轉移法，把小人移到黃紙上，或以高跟鞋，或以爛拖鞋，或以寸厚木屐，實行毒打。打之不足，更以針刺其心，以剪斷其體，以火焚其屍。

中國以農立國，農民性格保守，難免自利然後利人。雖然如此，即使農作失收，頂多怨怪天時不順，而不會將禍患轉移到鄰里身上。反而是商賈官吏，因為貨品交通、文書往來，與人磨擦的機會較多，小人從中作梗的機會也大增。孔子也常批評小人，但卻未致加以毒咒甚或要屠宰他們，況且《論語》裏所說的小人，跟驚蟄時所打的有本質上之不同。可笑的是：被打的是小人，那麼出手打人的，同樣作為磨擦爭端的參與者，豈不也是小人心中的另一批小人？清人戴震說得好：「凡有所施於人，反躬而靜思之，人以此施於我，能受之乎？」打小人的，要想想身旁另一個舉着爛鞋念念有詞的，是不是仇人派來打自己的。那紙人若是自己的身體，能受之乎？

香港是個缺乏自然資源的地方，衣食住行無不倚靠他人幫忙才可自給。這使我們不能關起門過活。活在商業社會底層，資源緊絀，私人空間狹窄，你爭我奪，易生磨擦。利益衝突之中，彼此互成對方的「小人」。我想到一首被視為「香港精神」的歌說：「既是同舟，在獅子山下且共濟，拋棄區分求共對。」這「香港精神」也許還未算是過去，但即使幾十年前，當我還年少，就已聽到鵝頸橋鞋聲不絕；今天我已是中年人，仍見人人心裏充塞戾氣，要揪出身邊的小人痛打為快。也許歌詞太過浪漫，或根本上是集體錯覺。有意要把「打小人」列入「非物質文化遺產」加以保存的人，倒是幽默中見寬懷，大概是認為戾氣可因發泄而減輕，有利於「共濟」吧。

極速理髮

之一

「極速理髮」，使人聯想到七十年代的新聞——名人不幸犯事，入獄前監獄署先為來賓剪一次髮。任你平時如何髮型標致，到快成階下囚的一刻，頂上濃密的烏絲都會慘遭寸磔，失勢而下。不消幾分鐘，這位名人，搖着見青的腦瓜子，穿上色調灰暗的囚衣，即將成為監牢裏平常的一員，誰也記不起他曾經相貌堂堂、風度翩翩。

小孩子最怕被大人捉去剪髮，不但嫌煩，更怕髮型奇特，惹來笑柄。草草了事倒是爽快。成年男人害怕生手的理髮匠，最擔心他們把應留的剪去，不應刮的卻刮掉，付了錢而頭上所餘無幾，被人懷疑是禿子。女士美容，對那一頭烏絲更視如珍寶，不相熟的髮型師絕對不能碰觸。放心不下，做頭髮時還要盯住鏡子左望右望。不花一兩個鐘點，是不算理髮的，還不計洗燙修甲紋眉呢。愛惜自己身體髮膚的人，惟恐剪髮太快，剪得慢才是正常的。

還有一個現實的問題，理髮匠必須同客人打交道，好像：「吃了下午茶沒有？」又或：「髮腳開叉了，要用護髮水做一點修補喔！」當然，有時也向你推薦一款新髮型，研究參詳之後才開始剪髮，也會問你皮膚是否敏感，好用一種相當有持久力的定型噴霧。待客之道不能馬虎。可是遇到周末或下班時間，到理髮店的人多起來，假如理髮匠一視同仁，對每一個顧客都是輕撚慢捻，排隊等候的客人不耐煩跑掉了，就會流失生意。何況現今人人講求效率，假如沒有閒錢和閒暇，花費兩三句鐘做一個髮，也不是使人心甘情願的。

對那些沒工夫坐在理髮店看雜誌、等相熟或有空的「師傅」做髮的人，省時快捷的「極速理髮」真是一個喜訊。拿票輪候，限時完成，免洗免燙，收費一律，衛生乾淨，最適合行腳匆匆的上班族。

之二

豐子愷畫了一幅有名的《野外理髮》，畫裏的孩子沒有父母看顧。孩子獨個兒去剪髮有一點危險，不是怕遇到殺人做餅 Sweeney Todd 之類的恐怖理髮匠，而是怕孩子理髮之後跑掉不知所終，連同找換後的零錢。

更高明的孩子會矢口交心，承諾到相熟的理髮店剪髮，叫母親不必跟隨。假如他得到信任，就會一溜煙跑去遠遠的一爿街邊理髮舖，迅速剪個差不多的髮型。由於收費較低，多出的零錢就可以用來買些心愛的東西。

假若不幸被困於理髮店，頭上有髮，手中卻無錢，那就最不痛快。長大了這情況有一點改變，不再打斧頭了，反而是害怕、尷尬、羞澀。因為無分男女，都要在一面鏡子前抬起頭來自我省察，無論你認同或不認同鏡子裏這個「我」。

不必心理學大師解釋，青少年步入「鏡像階段」，要把鏡子當作人生指南。到了中老年，不打算整容的話，也要注重外表。鏡裏那個「我」是否眉清目秀，無法作偽。少男的反應是：「剪得太短了，校規可以容許三厘米！」二八年華的少女會心微笑：「這髮型讓人羨慕死了！」旁邊的理髮匠瞄瞄那位同業，幾乎要嘟囔：「又搶了我一個客人，我手上這個老太太真難侍候！」一個四十開外的女士放下雜誌盯了一眼：「這女孩的髮型像個鳥窠，不知所謂！」在一間理髮店裏，這些被抑壓的聲音在不同的心坎中此起彼落，卻被剪刀愉快的碰擊聲一一掩蓋。

其實理髮匠不必鏡子來幫忙，他在你身邊繞個圈子就看清楚了。野外理髮是在光天化日之下行動，沒地方掛鏡子。剪髮的速度是全由理髮匠控制，不一定每一個都手起刀落便髮如雨下。有一次我剪髮，理髮匠越剪越慢。在鏡子裏一看，理髮匠拿着梳剪，眼皮垂下，一副快要睡倒的樣子。理髮切莫在賽馬日，否則你必須一邊被逼聽吵耳的廣播，一邊發覺剪刀變得輕奮，好像有蹄子在你的髮原上恣意奔跑。

剪髮，從前叫「薙髮」，意思是剃頭，但「薙」有除草之意。滿清入關，迫漢人剃髮，彷彿是要清除頭上的雜草一樣。其實要清除的不是頭髮，而是反抗的意識和不甘受辱的思想。一聲令下，十日之內完成，「留髮不留頭」，那是人類歷史上最大規模的一次極速理髮。

二〇一〇・八・十

∴/ 楓香和鐵芒萁

「早上看紅葉的人很多，大棠山路堵車，只能開到半路上。」計程車司機說。下車時，遠足的人絡繹於途，都是上山的多。山路蜿蜒而上，所有腳步朝向一個目的地——大欖郊野公園的楓樹林。

大概受到唐詩的影響，秋冬季節看楓——說準確一點，是看楓葉變成紅色——早已成為國人的一種文化。有張繼「江楓漁火對愁眠」、杜牧「霜葉紅於二月花」在前，看楓的熱潮足與看花相比。現代作家沈雁冰寫過一篇散文叫〈紅葉〉，說入秋時看紅葉的人擠滿咖啡館，女侍應的臉孔與點心店的人造紅葉互相輝映。言下是譏諷遊人真假不分，好事哄鬧。但說是文化也好，集體無意識也好，人人怕楓季一過便失諸交臂，於是相告同行，共赴楓約。北京香山公園的紅葉更是國人熱愛的景觀，進園看紅葉的人多得可令交通癱瘓。

也許還要多說一遍，香港郊野的楓樹，正式名稱是楓香、台灣香膠樹，屬金縷梅科。在中國、加拿大等地常見的才是真正的楓樹，屬楓樹科。港人外遊，到日本、南韓甚至加國看紅葉，本已普遍，如今對本土紅葉情有獨鍾，實也值得一書。

我最初追蹤楓香，是在動植物公園內。園內近喬治六世銅像附近有一條小路，路的兩邊各有一排楓香樹，約二三十棵，四十年前已長得很高，枝柯濃密，可是總見它們綠葉青青，入冬時略為變黃，從未如大欖郊野般色彩斑斕。日後，在園林或郊野偶爾看見兩三棵，一束一束的三尖葉片，淡赤褐黃，在枝上搖搖欲墜，或已落地塵埋，只病其凋零，從未見紅霞映山之姿。

大欖郊野跑過幾次，也知道楓香林很有名，但十多年來沒有在恰當的時節跑到這地點。這番初到，山徑上都是攜幼扶老者、溜狗抱貓者、席地野餐者，加入了上山者的隊伍中，雖少了一分幽趣，卻多了一分同遊之樂。香港人愛花，愛看紅葉是近年之事，也從未成為盛況。我無意探討背後原因，也許是物以罕為貴，也許是珍惜我們僅有的郊野土地吧。兩三棵楓香不算很壯觀，反而藥用價值更大，像樹葉也用來敷傷止血，果實可製藥，名「路路通」，能祛風通絡，治手足痺痛，樹脂還可用來調配香料。

進入冬季，楓香林的確已轉為絳紅色，日光灑在紅葉上，葉片顯得通透，一列潤紅的樹身排開像屏風，人在屏風前，竟覺暖意洋洋。我們到了永吉橋，稍休後，回程走「元（朗）荃（灣）古道」。途上沒有一棵楓香，但兩邊土坡卻有茁長的鐵芒萁，碧綠茂密。鐵芒萁，蕨屬，生命力很強，往往是山火後第一類佔領土坡的草木。它的地下莖鋪展的網絡，可以阻擋其他植物生長。在南坑排村，有一大片蕉林，寒風之下，田園野趣，無人賞覽。回想這刻，在楓樹林夾道上，朝山者必仍絡繹於途，人人拿着手機互拍或自拍，惜取這片紅霞似錦的背景，害怕它很快便淡出於冬季。因此我想，真正遊山看楓的動機，還源於心靈的乾涸。我們的心，好比一個渴望秋色、填不飽的鏡頭。遊人手上的攝影機，不過充當了它的工具。

萵苣和蛇舌草

今夏我們在屋苑租借的小菜田種下意大利萵苣，卻一如所料，十分歉收。下了種，施了肥，本以為能種出一簇一簇的鮮綠，可是雨水打壞了一些，個把月所得，只能供一餐之用。同時播下的紅莧菜籽，只有小小兩棵冒出菜葉，迎風微顫。

「這已比去年的油麥菜好。」

我心裏不能接受這樣的成果，但有什麼辦法，我又不是受過正統訓練的農夫，這小菜田也不是正規的農場，肥料不夠，沒有溫室。最後，兩棵莧菜爭氣，開始茁長起來，不覺已三尺高，骨幹粗硬挺直，演變成一棵小樹。

「要拔下來了。菜葉有點碜，不吃也罷，但菜頭可熬湯，能清熱毒。」一位已退休的老人，灌溉着菜田，對我們說。

拔走了紅莧菜，菜田忽然變成一片荒地。只見在另一塊菜田上，一個少年不斷拔草，丟在一邊，專注於他的草莓。拔去的是白花蛇舌草，綠茸茸的。過了幾天，我們的小菜田也忽地長出這草來，疏疏落落的，白色的小花，羞澀地藏在尖長的草葉間。又再過幾天，草長得更蓊密了，擠滿小菜田。趁氣候還未入秋，我們趕快摘了可摘的，煎了兩次飲用。

兩次「耕種」，技術上並不成功，因為我們也不求好收穫。但蒿苣歉收、蛇舌草豐茂，這結果，不會是種植者所願意接受吧？我沒有農夫的知識、詩人的天賦、宗教家的領悟力，去解釋大自然的工作；我所詫異的，是那不因人力而改變的自然力量。不是所有的菜田都長出了蛇舌草，有些鄰居看見田上冒出了幼苗，不問情由便馬上拔掉，不由它蔓延下去。不少菜田沒人打理，也不見長出這種草。有些與我們接壤的菜田，一樣的泥土、一樣的風向和潮濕度，也沒有長出來。我更不會去想像有什麼人或什麼鳥，刻意在我的田地上撒了種。

那麼說，一切都全憑天意吧？就好像我本來打算獨身，如今卻有一對子女；本來不打算教書，卻也「吃開口飯」二十年。要是今天還是一名光棍，也沒有學生在我左右，我相信人生的責任不一定就減少許多，也不一定使我更感幸福。

有些路我們執意去走，卻顛躓不平；正如有些菜是我們執意要種的，卻收成不好。其實用租地和施肥的開支，可以到市場買幾斤肥美的萵苣，但我們寧願親嘗「敗果」，也不願在命運面前俯首。假如你送我幾斤萵苣，我會感謝你，我會用最好的烹調法把菜弄得美味，但眼前那一畦無端空降的蛇舌草，我也不會嫌棄——像那一心一意種植草莓的少年棄之如敝屣，反之，我會煎了來喝，我會慢慢體味它的藥力，並且相信也許比吃一頓生菜更能強身。

秋聲稀澀，樂句悠揚

童時校園歌曲，不少改編自西洋樂章。因事回老家，為印證記憶，順便找出那部殘舊的小學歌集，急不及待翻到《秋聲》一首。網誌上有人問及：《秋聲》的曲詞是否黃自（1904-1938）所作？但歌譜上除了印上「W. T. Wrighton曲、黃自和聲」外，並無作詞人的名字。在查找黃自的曲譜前，很想聽聽《秋聲》所據的原曲。賴頓（1816-1880）是美國作曲家，最為有名的一首創作是《Her Bright Smile Haunts Me Still》。馬上翻查Youtube，聽到有歌手抱着古典結他吟唱，是一首民謠風味的小曲。《難忘她明媚的笑容》曲式同《秋聲》相似，也有一二樂句相同，但風格上不似我所認識的《秋聲》。黃自此曲據說曾譜上李白的《清平調》，於是再去查找《清平調》的視像。為詩仙譜曲的人真多，聽了幾個版本，滿不是味兒，最後點擊澎湖歌手潘安邦獨唱的一首，真好，所用的正是小學歌譜。《秋聲》的曲譜有一個特點，曲詞平仄嚴密，像七言今體詩，譜成樂曲是一音一字，每字不轉音，有高爽輕快的風格。

黃自「和聲」，可視為「改編」，理應收在黃自的作曲集內。因此接下來，應是查考黃氏的專著了。《黃自遺作集》是最完整的集子，裏面除了收入黃自創作的曲目，也有不少改編、和聲之作。可是，就單單沒有《秋聲》。劉靖之教授的《中國新音樂史論》對黃自的音樂造詣有詳盡的評價，他提及《秋聲》是一九三六年出版的《中學音樂教材初集》裏的歌曲，由吳研因「改詞」，「黃自曾參與編審，並由他配和聲」。

《秋聲》的填詞人呼之欲出。吳研因（1886-1975），江蘇江陰人，一生致力小學教育及編輯教科書，早年與劉半農等人積極推動白話教學。《秋聲》詞意出自歐陽修的〈秋聲賦〉，其七言詩體是否來自一個無名作者手筆，不得而知。假如說像歌曲、話劇、電影等通俗文藝多為「集體創作」，《秋聲》詞其實並沒有原創者，吳研因也不過是改編者而已。

考據工作無論怎樣做，都不會影響音樂的好壞。當年黃自為推動中國新音樂，在上海音樂學院推行西洋音樂教學，他所創作的歌曲至今為人傳誦。許常惠指出他的《卜算子》、《花非花》、《踏雪尋梅》等曲運用傳統歐洲和聲法，和弦效果別具特色，令人聯想到巴赫和舒伯特。劉靖之教授指出，黃自的管弦樂《懷舊》借鑑西方後浪漫派風格，「那種惆悵和淡淡的悲哀，那種自然暢順的旋律與和聲色彩的變化，都是黃自的意境，是東方作曲家的意境。」其實，西化也並無不好，韋瀚章作詞的《思鄉》也出自黃自手筆，味道不減馬勒。

二十世紀二三十年代，中國音樂由舊而新，鋼琴上場，提琴站台，琵琶二胡給龐然的管弦旋風吹刮，退居到學院的牆影之下。音樂教授一個個脫下短褂，捋起衣袖，翻動樂譜，舞弄着一枝幼細的指揮棒。西方樂曲把中國人的感情細致牽引，五線譜上的音符仍跳動着東方的溫柔和清麗。歌唱的文字如詩似畫，可誦也可看。精美的配樂、宏闊的音域，容許作詞人填上典雅的文言和活潑的白話。於是中國新音樂出了黃自、韋瀚章、趙元任、李叔同、楊蔭瀏、賀綠汀、林聲翕、黃友棣、劉雪庵、廖輔叔、沈秉廉、胡敬熙等一群作曲家、作詞人。

這是中國歌曲的黃金時代。抗戰的激昂、離別的感傷、花開的煩惱和愛情的等待，一架鋼琴和一副美妙的嗓音就能表現得生氣淋漓。最可惜這些新音樂今天彷彿變成高不可攀的「藝術歌曲」，好像總要在舞台上眾聲合唱才顯得氣派。一般人聽了林子祥的《每一個晚上》，大概不知道它引用黃自的《花非花》。我聽到《西風的話》有洞簫、電結他等不同版本更格外高興。「藝術歌曲」能夠流落民間，稍加改編無傷大雅。最痛恨今天一些流行曲語句不通又嘈雜吵耳。那些賺得名利的作曲人填詞人，應該去聽聽當初的大師如何竭力為中國人開展音域。

《秋聲》裏有句：「秋聲稀澀在何處？似在疏林野草間。」網誌上流傳的版本常作「秋聲淅瀝在何處」。原詞「稀澀」是指聲音低沉不暢、疑斷若絕，非指細雨點滴。藝術歌曲流落民間，常會遇到似是而非的竄改，悠揚的樂韻卻是歷久不衰。

二〇一〇・十二・十六

兒女情，風雲氣

我找到由黃自改編的《秋聲》原作是美國賴頓的《難忘她明媚的笑容》，還同時記起其他熟悉的曲調，繼續尋找它們的源頭。小學歌集另有一首《你太辛苦》，老師也常叫我們練習。這首歌曲描寫爸爸下班回家，為人子女應體會爸爸工作辛勞，表達敬愛。原作曲者是 Annie Fortescue Harrison，英國十九世紀女作曲家，最為著名的作品是《在黃昏裏》（In the Gloaming）。此曲的演繹錄音今天很容易聽到，譜子正好由胡敬熙填上《你太辛苦》的曲詞。原作是一首情歌，寫與愛人無奈分離，卻仍思念對方，在日暮黃昏之際，盼望愛人仍珍惜舊情，不懷怨恨。胡敬熙是音樂教師，自然要把情歌改編為適合小學生理解的曲詞。描寫天倫之樂的歌曲很多，易成濫調，幸好《你太辛苦》還算寫得具體簡樸：

你太辛苦，我的爸爸，
整天工作可疲乏？
放下帽子，脱下短褂，
讓我拿去替你掛。
洗一洗臉，喝一杯茶，
藤榻上面躺一下。
小狗且慢搖尾巴，
讓我爸爸安息吧。

父親回家，母親叫兒女為爸爸拿過公事包、大衣，取來便鞋，再拿一條熱毛巾給爸爸抹抹臉，一杯香片茶早已沏好。黃昏時刻，一家人圍桌吃晚飯，樂聚天倫。那是一個沒有開夜班、沒有電視、沒有電子遊戲的年代。今天的年青人要在五四散文裏才可見到如此情景。

陶冶性情的音樂最宜形象鮮明，不宜勉強說教。但若音樂動聽、歌詞典雅，也就不知不覺接受了那種半懂不懂的人情世故。晉代張華的詩給評為「兒女情多，風雲氣少」，在新音樂的草創時期，反過來是「兒女情少，風雲氣多」，不少歌曲都是關乎民族大義或人倫大體。畢竟，因為求學、遷移、戰爭，校園的歌聲總飄搖着一絲家國情懷。把音樂史上好聽的曲調，略加改動，成為義正辭嚴的歌曲，大概是音樂教育工作者常有的念頭。最有趣的是校園歌集裏的一首《驪歌》，勉勵離校同學要有遠大志向，原是曠世音樂天才莫札特《唐璜》裏一首著名的二重唱「讓我們手拉手」——荒淫的唐璜正去引誘農家女采莉娜，要求與她私奔。當采莉娜回答唐璜的挑逗，低迴唱到：

我的心其實很樂意
但我仍偏促不安

我想起一群快要告別青澀歲月的小學生，高唱「且忍，別揚鑣分道，向光明壯志不磨」，一幕幕眼紅鼻酸的回憶湧上心頭。但這改編也使人大開眼界：誘惑變成送別，莫扎特的音樂原來可以這樣改編的！

歌曲談情說愛，蛻變為正典，不是今天的事。《舊約．雅歌》是文學史上關於兩性戀愛的經典詩篇，對女性體態的描繪尤見剔透玲瓏。然而神學家往往不以普通男女愛情來詮釋，反之作為「神人相悅」、「基督與教會」的寓言則符合信仰目的。要不是這樣，那些頗為露骨的性愛描寫便是褻瀆的淫詞。我國差不多在相同年代出現的《詩經．國風》，其中的情詩像〈關雎〉，也被解作是歌頌「后妃之德」。大概不同民族的詩人都擅長以合乎道德的超我去美化本我中的情欲。

也有西曲中詞，把主題改換過來，在西方已給人淡忘，而在中國流行了幾代，幾乎人人能唱，李叔同的《送別》就是這樣的一首歌。原作者John Pond Ordway（1824-1880）是美國南北戰爭時期一位醫生，曲名叫《Dreaming of Home and Mother》，作於從軍前，但流行一時，成為戰時士兵思鄉的心聲。

此曲傳入日本，李叔同留學東瀛時聽到了，譜成一闋「長亭外，古道邊，荒草碧連天」。在日本，此曲另名《旅愁》，大為流行，離家的少年坐在火車上一邊哼着一邊淌淚。

《夢見家鄉和母親》的英文曲詞略為平淡，今天許多人還在唱《Tenting Tonight》、《When Johnny Comes Marching Home》等內戰歌謠，實在不應忘掉這首能貫通不同民族感情的歌曲。《送別》日語版《旅愁》的文字襲取原意，但有不同的管弦樂版本，以小號奏出主調的一種尤見哀怨悱惻。《送別》的歌詞格調似宋詞，感情方面無疑表達了知交零落、相見何時的茫茫愁思。兒女情、風雲氣，還是糾纏不分的，一點不錯是中國人的集體回憶。

二〇一一・一・二

·/ 輕鐵駛過無夢的市鎮

照片裏的一輛輕鐵，由元朗開往屯門碼頭。曾經是最長的路線，也許同樣最有想像力——由一個鬧市奔赴青山灣畔——如今只有少數不願中途轉車的人用以代步。也許還有一些老乘客，打算瀏覽窗外幾年間鄉村的滄桑，才由一個總站出發，有始有終地在另一個總站下車。

要拍出輕鐵的美感、動感，可取不同的角度。我建議可站在橫跨鐵路的一道天橋上，俯瞰兩列從相反方向駛至分站的列車，一輛載滿了人，一輛乘客稀疏，最好時值黃昏。或在一個冬日早晨，第一班列車開出總站時，站裏燈火惺忪，彷彿一雙雙渴睡的倦眼，充當乘車人臉容常見的標誌。

賦予這張照片意義的，不在藝術而在寫實。二十年前，這部六一一線輕鐵，把元朗、洪水橋沿線的大量居民，接載到屯門工業區。這運輸工具既省時亦經濟。屯門居民也可利用這路輕鐵，往來於各個屋邨與商場之間。但踏入九十年代，香港工業北移，屯門區居民要往較遠的地區工作，原設的工業區分站已沒有多少乘客上落，因此六一一線被迫取消。

在新界西北地區興建鐵路，這概念始於上世紀七十年代，政府在屯門區撥出大量土地以便鋪設路軌之用。當時的問題是，這鐵路是否要接通東鐵，貫串上水和羅湖，甚或從南面開往九龍，一如屯門公路。可是，最後定案是一條短程的 light rail，並非往來大都會和衛星城市之間的通勤鐵路（commuting trains）。在鐵路分類來說，甚至還不到「捷運」（rapid transit）的級別。

屯門，以及後來輕鐵伸展到的天水圍，不但沒有成為真正的衛星城市，居於這些地區的人，要往香港和九龍，必須耗費大量時間和車費。二十年來，他們沒有享受到舒適快捷的通勤服務。失業率偏高、生活水準偏低、社會支援不足，天水圍竟曾被稱為「悲情城市」。

也許在遠離東京、芝加哥、悉尼市中心數十里，通稱為「睡房社區」

（bedroom community）的市鎮居住的人會抱怨：天天早出晚歸，對這地方有何歸屬感可言？還不如香港的新市鎮，雖然沒有成為真正的「衛星」，總保住一點鄉郊野趣。照片中這輛輕鐵，駛過的地方還有不少道地店舖：餅家、錶行、齋廚、菜種店、跌打醫館。但假如新市鎮再開放一點，容納集團式連鎖店，把舊店舖重重包圍，新市鎮還有什麼自己的個性？

幾年前，一個南亞裔少女在元朗大馬路過路，頸巾給一部輕鐵纏住，拖帶身體前行，受傷而死。交通意外常有。不少浪漫故事在電車、火車甚至巴士上發生，但很少聽過發生在輕鐵上的愛情和恩怨。我要寫浪漫小說，也不會選一個沒有地方特色的市鎮作背景——那市內的大道上，一部擠迫得像沙丁魚罐頭的 light rail，沉重地拖動着睡不安寧吃不甘味的小市民進入無夢的境域。

二〇一〇・四・二三

卷三

藝境

∴／藝境

從前有一個富人，為了與另一個富人較量，用名貴的織錦，造了一幅幾十里的步障。步障，就是在郊道兩邊架起的屏幕，用來遮擋塵埃。有錢人出行，不讓他人看見自己和家眷，就在步障裏行走。對手的步障因為布料不夠名貴、也不夠長，給他打敗了。

幾十里的織錦，又漂亮又名貴，這個富豪其實創造了一件特別的藝術。可惜他只懂鬥富，沒再搞些花巧，炫耀於公眾。到了二十世紀，有一對夫婦造了一件相似的東西。他們用四十公里長的尼龍布，在美國三藩市的郊野搭建了一幅「圍牆」，這幅「圍牆」依隨地形綿延起伏，遊人駕車經過，舉目遠看，蔚為奇觀。創作者搭好這巨大的作品後，拍了些照片，擱了半月，便整個拆掉。

這兩件製成品，步障和尼龍布圍牆，一古一今、一中一西，哪個比較好看，見仁見智。前者是無意的經營，後者是有意的創造。那該是尼龍布圍牆比較像藝術了，但何以很快就拆去，不像雕塑那樣好好保存？

無意或有意、即興或苦心、短暫或耐久，都不能說明藝術的終極意義。藝術，不一定就在耳目可及的範圍，我們睡着的時候，一切觀賞和創作都停下來，那時「藝術」藏在什麼地方？是實物還是感覺？在我們身體外面或裏面？作夢算不算是一種藝術創作？

年前夏天我在台北，不巧遇上颱風，街風巷雨。傍晚時撐着一把傘子，跑到武昌街，打算到明星咖啡館走走，在傳奇詩人周夢蝶當年「冷攤兀坐」的地方溜達一下。可惜咖啡館已打烊，在風雨中，除了一些興致還高的年輕人在逛街，什麼都不可細辨。

我這樣想：風雨瀟瀟的日子，天空一片鉛灰色，詩人若非慣見，視之平常，何以心中的詩卷，一字一句的舒展，依然清空飄逸？我們容易受環境所困，因此莊周當年夢為蝴蝶，脫離形骸，逍遙自在，這境界就是藝境。然而莊周也說，在這境界中，蝴蝶也許同時夢見了自己。那麼事事物物，其實都有情，都有一個「我」在。鳥兒替我們哀歌，一朵落花也是墮下的淚。風雨不過釋放着人的怨氣，清洗一下污濁的城市。這麼想，旅程雖然受阻，我又不感到風雨有怎樣煩心了。

觀棋

行人道旁，有弈棋者對陣，圍觀者兩兩三三，話聲不絕。對陣者已進入殘局，圍觀者一人忍不住，捲起衣袖直指棋盤：「車二平五，中鋒卒，懂不懂海底撈月？」那弈者搔着頭皮，半依不從，這人索性替他舉棋，一步一步代他把殘局下完。年少時也遇到類似的情況：甲與乙對陣，或下棋或打球，丙、丁旁觀；甲處於下風，丙挺身為甲出戰，節節得利；丁看不過，也代乙上陣。於是比賽變成丙、丁對陣，甲和乙反而站在一旁，成為旁觀者！

越俎代庖，是中國人一種很特別的德性。這看來是「見義勇為」或「拔刀相助」吧，卻似是而非。相助者儘管豪邁不群、不求回報，這「送佛送到西天」的思想實在很不妥當。對弈者本來旗鼓相當，才會同場較量，而勝敗乃兵家常事，一時失手，敗方從中汲取教訓，「經一蹶，長一智」，深自砥礪，日後必有寸進。然而旁觀者忽然扮演雷霆救兵，還「好為人師」，從旁指點，卻不讓受助者親自歷練。這樣的救兵非但不能使人得益，反令其喪失自知之明，窒礙鬥志，終於難成大器。

「觀棋不語真君子」，這原則說來容易，卻很難實現。不僅是觀棋者不應騷擾對弈者的禮貌問題，還有一個「應否幫助別人」的矛盾心理在其中。誰沒有惻隱之心？旁觀者豈能見死不救？這心理關口卻要克服，旁觀者的心腸必須硬起來。啟導別人要講究方法，也不應僭越身分，博取「人師」之名。好老師的學生不一定個個優秀，壞老師也難出「高徒」，這本是普通的道理。方法是給予學生空間和時間、自由和動力，鼓勵他們成為有能力的人。任何強逼的手段都是制肘。就像那成語故事，宓子賤不滿魯君對他施政諸多箝制，就拉住寫字人的袖子，叫他不能活動自如，以此諷刺魯君。要是寫字時總有一隻無形的手在操縱你，你能寫得好嗎？

由一己能力所掙得的成果，那怕很微小，也使人心甘；反之，借他人之力而取得的成果，再輝煌也只是鏡花水月。但有人心志不高，見旁人為自己出主意，竟能反敗為勝於一時，不免心生惰性，將本來要親力親為去爭取的東西都托人代辦。從前流行彩票，家人有時會托人到街上代買；市場上有甚麼廉價時鮮，也會托人捎一點回來。有人身體不適，竟叫別人代他到藥舖抓藥，完全不必大夫望聞問切。現代社會有所謂代理人或中介人，受人錢財替人消災。可以理解，很多人都不願親自殺鴨宰雞，但人生的哀樂，必須經歷的酸甜苦辣，怎可能都由別人包攬，自己卻變成一個看小說的旁觀者？

柯林伍德（R. G. Collingwood）說得好：「完完全全之自由乃留待自營其業並賴以為生者所享有，所營之業必為其自願而為者。」（Perfect freedom is reserved for the man who lives by his own work and in that work does what he wants to do.）這是說，假如我們所業非我們所擁有，又或雖為我們所擁有卻不能自由地經營，那還不算是真正的自由。前者好比「為人作嫁」，後者彷彿「依樣畫葫蘆」，別出心裁的嫁衣你沒有自由擁有，看見別人穿起來自然滿心不是味兒。呆板的葫蘆你擁有了，天天看着越看越不似自己的手筆。真正屬於自己的東西必須以自由的意志和心力所爭取。觀棋者明白這一點，才真是君子，才曉得助人之道，不僅是站在一旁、默默無言而已。

二〇一六年冬至

說柳

九月的強颱風吹倒不少龐然巨木，逃過災劫的反而是一些枝葉稀疏的小樹。眼前一排不起眼的垂柳，安然無恙地在秋日裏迎風搖曳。

在公園裏種植柳樹，尤其在水邊，似是中國人的文化習俗。枝垂而葉窄，微風吹來時，款擺的姿態楚楚可憐。大概因樹梢垂得很低，使人聯想到人體，故又稱為「柳腰」。文人雅士索性就以「柳腰」形容女性，張可久〈四塊玉‧春情〉說「柳腰寬褪羅裙帶」，越想越荒唐，跟樹木已沒有什麼關係了。

我眼前幾棵垂柳，甚為瘦小，倘是美人也像是帶病似的弱不禁風。有兩三棵，樹幹早已枯殘，可能是蟲禍菌災，而一根根的柳條竟是從水橫枝上冒出來的。這樣充撐場面、聊勝於無之狀，園藝師仍保留下來，大有無可奈何之苦。

然而從前人不是因為柳條似女人腰肢才產生好感，卻因柳樹容易生長，樹葉濃密，方便作為軍營的掩體，廣為栽種。又因枝體柔軟、容易折斷，送行者每到有柳樹的水邊，便折柳贈友，以為記念。周邦彥題為「柳」的〈蘭陵王〉詞說：

柳陰直，煙裏絲絲弄碧。隋堤上、曾見幾番，拂水飄綿送行色。登臨望故國，誰識京華倦客？長亭路，年去歲來，應折柔條過千尺。

從前總覺得這樣的送行小題大做，如今倒覺得情深味厚。據說柳樹品種繁多，不知外邦的柳樹與中國的柳樹有何差異？外國文學確實也常將柳樹拉扯到男女情愛上。莎劇《奧塞羅》中，苔絲狄蒙娜就唱起小時聽來的一首失戀情歌，「青青的柳枝編成一個翠環……唱楊柳，楊柳；我見異思遷，你另覓情郎」，可惜這首小調卻是被誣不貞、身死夫手的前奏曲。

柳樹與女性的關係還有另一個層面：柳樹喻娼妓。「花街柳巷」不是普通街巷，「尋花問柳」也不是某公子忽然對植物學發生興趣。總而言之，「問柳」不同「折柳」。

現實一點，柳樹下垂而可愛的形態，使之成為居室周圍常見的樹木，原因也不必推敲過甚，陶淵明早說過「榆柳蔭後簷」了。後園有垂柳，真如簷前掛了一道綠色的簾子。但有趣的是，柳樹又有其陰森一貌，這也許是中國人認為楊柳能辟邪之故。在墓地植柳，是古時習俗。春天的柳樹，綠而成蔭，是為生態萌動煥發的象徵。柳枝更有使人辨認鬼邪的「明眼」功能，因此《齊民要術》說：「取柳枝著戶上，百鬼不入家。」清明時節，在門扉插上柳枝，引發生氣，以示一年之初有好的開始。女孩子會編一個柳枝圈戴在頭上，「清明不戴柳，紅顏變皓首」，跟苔絲狄蒙娜所唱的異曲同工。

看見樹木花草，興起諸多聯想，發言為詩，這大概就是「興」的來源。但要說明這些草木和詩歌主題的關係，卻難以言詮，不能像「比」那樣容易攀比。難怪在大學上《詩經》課論及「興」時，老師也不多作解釋，做學生的也不敢多問。柳樹作為一種中國文學的象徵，也許直觀其態，不作遐想，更能深感其美。

輕風揚起微塵，眼前青蔥忽又隱而不見。不知離家走多遠才可以再遇到柳樹？只盼明年風季來時，還有柔條數尺，隨風搖擺，明人眼目，不致遍地枯殘便好。

二〇一八・十一・十

恐懼症

我曾經養狗，不太怕狗，但有點怕貓，即使是很馴服可愛的小貓，我也不打算抱它逗它。我不怎樣怕老鼠，卻不喜歡樣子跟老鼠有點相像的蝙蝠。我不喜歡蟑螂，說不上害怕，但當一隻不知名的飛蟲闖入房子，卻不免怔忡片刻，希望它盡快離開。怕貓、怕蝙蝠、怕飛蟲，都是童年經驗，假如長大了還怕，就會招人訕笑。根據權威醫學報告顯示，現今被確診的恐懼症有二百九十七種，包括對上述幾種動物和昆蟲的恐懼症。各類型恐懼症困擾成千上萬的人。他們身體沒有特別的異常，一旦面對恐懼的來源，馬上就官能失調，或心跳氣喘，或暈眩作嘔，或失聲或尖叫。即使沒有特別劇烈的反應，至少是心裏一陣慌，額上一抹汗。

《世說新語》記載：「桓車騎（桓沖）不好著新衣，浴後，婦故送新衣與。車騎大怒，催使持去。」太太見丈夫退回，又再一次把新衣送去，叫使者對丈夫說：「新衣服沒人穿，怎樣變舊？」」桓沖聽後大笑而穿上。桓沖不喜新衣，有人說因他節儉成性。但以現代精神病理學來觀測，桓沖肯定是患了「新事物恐懼症」（neophobia）。這一類恐懼症的患者，對任何新事物有莫名其妙的厭惡，新車不坐、新鞋不穿，電視機用壞了也不想買一部新的，時興玩意一概不沾手，一切新思想新秩序都會叫他們痛苦不安。現代心理醫生的治療方法同桓沖太太的一樣，醫生會叫病人想像事物由新而舊的變化過程，也就是把「新」和「舊」模糊化，讓他們減除對新事物的抗拒。

常見一個女孩，只穿黑色的衣服，絕不穿其他顏色的上衣、褲子或裙子。恐懼症裏這也是很普遍的一種。這女孩其實並不是酷愛黑色，而是不愛鮮艷的色彩，潛意識裏是抗拒一切因顏色而聯想到的奢侈、誇張、人工化的事物。那麼為何她不選擇白色？也許淺色衣服使她較深的膚色顯得過分突出吧。

辦公室恐懼症、社交恐懼症、演講恐懼症等是近親，廣場恐懼症、幽閉恐懼症、飛行恐懼症等病因都相似。荷蘭足球明星伯金（Dennis Bergkamp）因一次飛行意外而害怕再踏上飛機，在國外出賽寧願駕車或乘坐公車。因為車程太長，他要預早起行，但往往趕不及赴賽。Aviophobia 患者對飛行有極大的恐懼，跑到機場不是期望翱翔碧空而是幻想自己是墜機、劫機的受難者，坐在機艙裏只感到逃生無門。幸好伯金不害怕駕駛，假如他同時患上駕駛恐懼症，他的足球事業大概很快就結束，不會成為一代球星。

有些恐懼症令人摸不着頭腦。害怕旅行可以理解，但像「家具恐懼症」又怎樣解釋？患者無緣無故害怕家裏的用具，寧願跑到外面旅行散心。這一類人難道家裏什麼東西都不擺放？不要以為送洋娃娃給小孩子很正常，有些孩子看見洋娃娃會大哭。很多恐怖電影講述玩具像人一樣，有思想、能自由活動。有些人患了「愛情恐懼症」，害怕與人親近，更莫說談婚論嫁。世上只有人害怕得不到愛情，有些人心理竟完全相反。女人怕男人是 androphobia，男人怕女人是 gynophobia，害怕同性是 homophobia。怕睡覺者見床即心跳，怕嘔吐者見人張口即掩面逃跑，並同樣胸口作悶、欲吐不得。有人怕吃物出聲，穿衣有害。有人怕窮，也有人怕錢財滿袋。有人聽見電話鈴聲即心跳不止，另一些人怕掉失手機終日提心吊膽。

前美國總統尼克遜有一次到醫院驗血，忽然對身邊的人大叫：「進了醫院，別想能活着走出來！」怕打針、怕驗身、怕醫生、怕藥物，很多恐怖的聯想都跟病痛、流血、死亡有關。這是人類深層的意識，說不出道理，也不必深究。聽到悠揚的管樂你大概會閉目欣賞，但偏有人是 aulophobia，看見笛子或管狀物即渾身顫抖，聽到管樂便暈眩休克。樂器中我最怕嗩吶，怕它吵耳，也聯想到喪禮的儀仗。至於管樂，我認為是世上最好聽的一種音樂，雖然簫、笛看起來的確有點像煙槍，印度人吹起葫蘆笛會令響尾蛇跳舞。

有些恐懼症同文化有關，但原因仍是非理性的。很多大廈沒有四樓、十四樓，這是犯了中國人害怕其諧音「死」、「實死」的心理禁忌。怕「四」的心理，學名叫 tetraphobia，其實同數字無關。外國人仍有迷信「黑色星期五」是不吉利的，每逢該日便足不出戶，就是一般業務也盡可能推卻。如今洋為中用，大廈裏也常常沒有十三樓。要是造訪的地方在這些層數，恐懼狂會惶恐不安。若要搬家，凡見門牌或樓層出現四、十三、十四等數字，也會避之則吉。

最可憐的恐懼症是什麼？應該是phobophobia吧。這是害怕患上恐懼症的恐懼症。到底患者是否有病？要治療嗎？查考二百九十七種病徵都不一定查得出來，也許沒病，也許是另一些奇難雜症。等等吧，兩年後出版的恐懼症醫學報告修訂版，也許會出現不少新名詞，總有一個能描述你的驚恐、你的無助。只要你肯付錢，也總有醫生會向你伸出援手。

二〇一一・七

學國語

趕搭着「嬰兒潮」的尾班車、生於上世紀五十年代的我們，沒有經歷重大苦難，反而享受社會日趨富裕的福氣。在牙牙學語之初，沒有外籍傭工伴侍左右，也沒有異族強逼我們仿效其嘴舌，他日同化為子民。父母剛好都是廣東人，偶爾說起鄉音，半懂不懂的我，也不會勾起思鄉之情。我們的母語是廣州話，字典都以粵音標音，沒有必要去聽什麼「國語」。知道廣東、廣西加上香港、澳門這些地區使用粵語的人口已有幾千萬，蔚為大國，生活安穩，更沒有積極學習國語的動機。

當然，國語也是偶而入耳的。廣東人故意把「老兄」呼作「橈鬆」（橈念高平聲），以示這「老兄」是外省人。有時又拿粵劇老倌拔高調門唱「可惱也」

的官腔模仿一番，以資戲謔。學校突然來了一名域外之士——也許來自粵北或福建——插班教國文或數學，口音有異，同學們即互望而掩嘴。國語在哪裏呢，當時？中文課本聲稱是「國語」，其實是一部「歷代書面中國文學選集」，由孟子讀到朱自清，不是一部「現代普通話課程」，由「玻坡摸佛」學起。

對了，國語在哪裏呢，當時？答案是在音樂課裏。不是音樂老師教國語歌，反之，是同學仍以粵音依譜唱唸，但歌詞洩露了玄機。即使音樂感遲鈍得像我，也覺得歌詞跟樂音失粘，唱時怪腔怪調，聽起來毫無共鳴，《踏雪尋梅》裏「騎驢灞橋過」唱成「騎撈罷竅過」，《明日歌》中「豈不萬事成蹉跎」唱成「稀拔慢時醒蹉跎」。要求證是否用國語來唱就比較好聽，卻又不敢向老師發問，以免尷尬。

收音機偶爾也播一些國語時代曲，可是沒有歌詞在手，聽了只能默記。年紀稍長，到戲院看國語片，才知道中國人也曉得講國語！也許像《大醉俠》或《龍門客棧》裏的虛構義士不算很有說服力，但由歷史片宮闈片以至民初片時裝片，一襲又一襲的國語聲波，就像春天的花香，即使聽不到也嗅得着。看

《再見阿郎》、《路客與刀客》時，稍為明白什麼叫做「寫實主義」。假如阿郎和桂枝改用粵語談心，也許我會在戲院裏大笑而被人趕走。可惜國語電影流行了一段時間，就給港產粵語電影和本地電視所取代。我們又失去一個學國語的最好媒介。

不用諱言，有些國語聽來，絕非吳儂軟語，卻是強如潮浪，像小時候有陣子總聽到《黃河協奏曲》那段大合唱。我趁時髦也唱起來，歌詞全記得。也有一些國語混合了方音，使我們多加一項聽覺訓練。上大學那年，章群先生教文化史，何遯翁先生講古典詩，徐伯訏先生授現代文學，他們的國語別具異調。假如他們放下講義、自由發揮，同學們都要「打醒十二分精神」去聽，甚或去猜，好了解箇中意思。

那時，正值學系籌辦北京遊學團，不少報了名的同學焦急起來，要找臨時老師惡補國語。但國語老師不可以呼之則來，又何況正式老師不會跳過「玻玻摸佛」跟你練習會話。幸好那時有一個女同學從台灣來，她義務為系內同學開個國語班教發音、練會話。我雖然也報團上京，卻因忙得不可開交，沒去學。

後來在北京到處跑，才知道自己的國語水平不但是「有限公司」，而且瀕臨破產。不擅辭令像我，來到中國的最高學府，不單在講堂上而是在餐室、球場、洗手間都聽到「京片子」，更是噤若寒蟬了。

有人說，學一種語言最好是在兒童期，學得越早，記憶越牢固。也有人說，學語言必須要有環境，身邊的人就是老師。更有人說，夢中能說的話就表示學懂了，於是做夢也毋忘第二種語言（secondary language）。這三種情況，也許能對應佛洛依德（Sigmund Freud）的超我、自我、本我這三個心理層次。可是審視過往，我們既無學習國語的壓力，也不必操國語去買菜或談心，更沒有什麼人情事理植入潛意識裏，要我們在睡夢中還得翹起舌頭來。在我們成年前後的人生階段中，我們忙着學的、講的、做夢有時也講一兩句的，不是國語，而是英語。不論你是趕「嬰兒潮」的尾班車出生，還是生於廿一世紀，大概都曾把寶貴的青春投放於這個「雙語環境」。

不管如何，「雙語環境」已是世界潮流。威爾斯是英國的一個組成部分，通用語言是英語，但還有少數當地人懂得威爾斯語。這種少數人運用的語言不但學校在教，日常生活事項像交通路標等也在使用，可見政府和社會之重視。作為「國際城市」，香港推行中英雙語政策多年，香港人也沒有異議，還進而實行「兩文三語」，把粵語作為學習對象，用於聆聽和說話。由此可見，我們的教育十分寬容，寬容得差一點就要承認臉書、短訊、報章上常見的「書寫粵語」都合情合理，用來作文造句也不用糾正了。

語文好比貨幣，使用的人多了，就不怕它貶值，但有時也說不準。印度盧比使用的人夠多吧，要貶還是可以一瀉而下。印度人若能「分散投資」，多存一些黃金或外幣，就較為明智。我們學習語文的空間和時間都是有限的，要投放多些時間，讀一些跟我們的國語最親近、有助我們寫好中文的文學傑作，才是正確的投資。其實威爾斯語也分南北二支，要是南威爾斯人和北威爾斯人堅持各自的方言，也堅持必須形之於文字，恐怕餐牌、說明書、交通標誌上的文字必如蟻聚，看得人暈頭轉向。

獨沽一味的投資會自毀，分散投資要懂得主次。在香港，既要抓好英語，也要練就從前籠統地叫做國語的普通話。至於寫好中英文也得花不少工夫。算起來，要倡議「我手寫我口」、「書寫粵語」，真是那麼重要嗎？一定要作這樣的堅持，即使夠「本土」，也可能變成自鳴的井蛙。

∴／癖與趣

明朝張岱在《陶庵夢憶・祁止祥癖》中說：「人無癖不可與交，以其無深情也。」以癖好之有無論斷情感之深淺，頗真匪疑所思。有癖之士，豈必有深情？而能否與之打交道，又豈在其癖之有無？癖，在醫學來說是一種生於兩脇之間的硬塊，時痛時止，是飲食不節的後果。一般意義下，癖是嗜好，過度則為病態。茶癖、石癖、花癖屬於舊社會的嗜好，祁止祥是孌童癖。今天有癖之士，孌童之外還有種種戀物、易服、施虐之好，是否可愛可親，可謂見仁見智了。

癖就是癡。你走過馬路，看見一群男女在股票行怔怔地望着一個屏幕，手指按動股票代號，為那些不斷變動的數字而輕奮沉吟，你就是見了一群股癡。

一個女士在時裝店流連一句鐘，仔細挑揀比較，離開了又跑回來，再花一句鐘挑選一件外衣，這也是癡。戀愛中的人，即使不承認對方最俊俏，也會認為對方跟自己最匹配，高矮相當、才學相若，至少能有共同興趣。真的嗎？這一類第三者不能判斷的價值觀，正是癡者的心理。莎士比亞在《仲夏夜之夢》裏把瘋子、情侶、詩人相提並論，頗有一點見地——大家都愛幻想。他們的幻想世界，是神聖而不容他人干涉的。

比癖程度輕一點的，是趣。趣就是興趣，有味道之謂。趣也是旨趣，是物之真諦。能對一事一物愛之而生無窮滋味，能鑽研一種學問而得其要旨，這都是趣。我認識的一些人，愛集郵，愛品酒，愛旅行，愛藏書。但他們都沒有拿買米的錢來買郵票或買書，或終日喝酒喝得像阮藉或劉伶，或者忽然放棄工作，躲在世界哪一個高山或絕地。

癖之極端為addiction，失去所癖好之物，這人便會發狂。癮君子對毒品是如餓鬼之於祭品，談不上淺斟低酌，有什麼趣味可言？趣不過為hobby，是打打球、種種花、聽聽音樂之類。但趣味雖然普通，也應莫失莫忘，要不然，像西方人所說的 as a fashion，很快也就冷淡下來。

趣味因人而異，有時也講究經濟條件。愛讀書的人有些只是擱了幾架子書，真正的藏書家可能要買一幢大房子來擺放。有人乘幾趟飛機到外地，只為考證一個無關生計的小問題。搜羅不同年代的玩具、把房子變成一個陳列室，要先得到家人批准。但趣味到底是個人的，能自我陶醉一番便足夠，何必要強己所難，或強人同好？興趣，在業餘者的水平上孰高孰低，沒有必要去計較定奪。洪應明在《菜根譚》說過：「會心不在遠，得趣不在多，盆池拳石間便居然有萬里山川之勢。」這體會未必就是高士的眼界，卻必須是達人的胸襟。我喝葡萄酒以一杯為限，游泳則二百米算是超額完成。我自信已領略到喝葡萄酒和游泳的趣味了。強迫自己喝酒一瓶或游泳一千米，只是痛苦。

培養一種淡遠的趣味，在營營役役的生涯中保持一點自我、一分清醒，不把寶貴的生命典當給他人，也許這才是福、才是樂吧？

二〇〇九．六．十九

∴/ 給愛麗絲

我請身邊的演奏者再彈一次《給愛麗絲》，她老大不願意。我只好走進房裏，看互聯網上的錄像。在芸芸片段裏，選了其中一個。女鋼琴家用驚人的指速，演奏了又難又快的《月光曲》，在掌聲中再次出場「安歌」。剛剛坐下，彈了《給愛麗絲》一小句，台下的觀眾嘴也不掩，就爆出笑聲來。

假如我是彈奏者，不是為了一點演出費，自感無傷大雅，我必定找個聽者來問一下：「你笑什麼呢？」但假如我見慣了場面，知道聽眾跑音樂會也不過想找點樂子，我便不會這樣無禮。他們笑起來，增添了愉快氣氛，我便應裝作很投入，像作曲家所愛慕的愛麗絲一般，一個鍵一個鍵地，左手和右手輕輕交叉，細致地去碰觸一顆偉大的音樂靈魂。我回應了他們的愉快心情，但不受笑聲或掌聲影響，內心完全超然。

「有什麼好笑呢？」答案當然是它的通俗。但假若我是音樂家本人，走到街上，看見一輛垃圾車，又臭又濕，卻也正播放自己同一首樂曲，我蹙眉掩鼻之餘，也許繼之而寬顏：「我的音樂可以使臭味減到最低！」

我這樣說服自己：藝術的觀賞，應該寬容一點的。一切誤解、忽視、嘲弄、胡亂的擺放，實在無可奈何。天地間一切能夠留下來的圖畫、音樂或文字，一切設計和意念，都會被演繹、複製、混合、改編。要求聽眾像二百年前的愛麗絲，毫無機心去捕捉這一曲的神韻，甚至把靈魂也送上，這不是太苛求嗎？當年不少的作曲家，對寫出來的東西不滿意，不惜把樂譜投到火堆中。假如這首《給愛麗絲》的命運也如此，我們就不會戀戀至今。

在我身旁彈奏鋼琴的，其實是我的小女兒。我請她再彈一次，她說正忙着練習更高級別的曲子，不再彈二三級的貝多芬了。眼見她手忙指亂，一臉倦容，不忍再作請求。花了那麼多學費，我當然希望她的琴藝能進步，但藝術呢？藝術就是不斷追求更困難的結構、更深刻的意境、更少數或更多數人的口味？從一首寫給心上人的小曲，成為垃圾車的標誌、鐵路走廊的音響，以至成為小女兒不再喜愛的初級曲目……藝術作用的變化，就這麼弔詭。

嗅的藝術

國外最近紛紛有人提倡「嗅覺藝術」。在紐約舉辦的一個展覽，主角是著名的香水。策展人調校了香水的濃度，即場在一個酒窩狀的容器中輕輕噴灑，來賓把頭伸進容器，把香水嗅個飽足，也可一邊嗅一邊閱讀香水歷史，嗅罷可指出香水給他們帶來什麼聯想。策展者此舉，是要改變香水一貫的商業味道，把「嗅眾」提升為文化欣賞者，為他們開拓更豐富的聯想空間。結果「嗅眾」親炙了「香奈兒五號」之後，「花朵」和「舒適」兩個聯想詞得到最多的票數。

這個「嗅覺藝術」展覽使我欣慰，因為終於有人注意到嗅覺在美學裏長期缺席這事實。在各種能引起愉快感覺的媒介裏，顏色可以組成圖畫，聲響可以形成音樂，口味至少有廚藝來補闕，而觸覺雖也沒有形成一種藝術，但雕塑倒是用一對手打做出來的，有人觀賞雕刻品時也愛亂摸一通，以逞觸覺之快。惟獨嗅覺，既強烈而普遍，卻沒有一種公認的「嗅覺藝術」。有人聯群結隊去賞花、聽樂、看雕塑，卻很少一起用鼻子作一次藝術之旅。花香、飯香、香水更香。芬芳的氣味求之不得，自然來之不拒，豈煩還要調整距離、選擇角度，斟酌品評一番？

造物者其實沒有忽視嗅覺。假如開天闢地第三天祂創造了樹木、蔬菜、果子，那造物者就同時創造了大自然的氣味。樹木的確是有氣味的，雪松、白樺、胡桃、檸檬桉等都有獨特的體香，至如沉香、檀木，燃點起來，更是香可盈室。往往在秋季，金黃而微暖的陽光，把落木薰蒸出一種獨特的香味，既濃烈又淡遠，既蒼涼又新鮮，沁人心脾，彷彿一杯老酒已入唇，一叢香草正撲鼻。也不必走進山林，只在多樹的地方，就瀰漫着這股氣息。

這股樹木的氣息，加上一點想像，選取一個地點，配合晨昏的光暗和環境的動靜，以及一點獨立蒼茫的心境，也許就可體味到宇宙混沌初開時大自然的純樸。

我想，嗅起聯想和記憶，再讓聯想和記憶有系統地組織起來，就是嗅覺藝術的功能。一種味道，不靠聲音或色彩，不藉味蕾或指尖，能成為藝術媒介，帶我們超凡入聖，你能說鼻蕊不能創作嗎？「香奈兒五號」不過是幾種香料的合成品，卻超越花香、超越夢露，成為女士的一種抽象屬性。嗅覺藝術，早已進入象徵的層次。

聯想當然不一定美好，記憶也不總是甘甜的。我小時住近郵局，從郵局地庫的抽氣扇噴出的廢氣，帶着一種紙張和油漆的混濁氣味。走到海邊，那鹹鹹的彷彿到處是蛤蜊的空氣給海風鼓動，似要泡染一身的衣服。船廠裏給拆卸下來的木板，老是帶着一種霉臭，跟汽車噴出的廢氣一起撲鼻而來。假如坐車經過屠房（就是離家不遠），不但騷臭難聞，耳邊更忽然叫起幾聲淒厲的殺豬聲。我也吃臭豆腐，但流動小販製作臭豆腐時發出的那股氣味，活像屍臭，有多遠就飄到多遠，中人欲嘔。至於硯上的餘墨、魚缸裏的水、太陽下的蝦醬，也是咄咄逼人，絕對不會使你詩興盎然。要是以這幾種氣味策劃一個「童年氣味回憶展」，相信也不會有多少「嗅眾」到來欣賞。

我們喜愛的氣味是能帶來自在和舒適，比如肥皂的氣味。一天工作完了，躲在洗手間，把肥皂擦滿身，開一缸熱水沖泡，通體皆香。今天很多人都愛用浴露，但肥皂的氣味更粗樸，也許更持久。小時候，我們用肥皂盒子藏好紙幣之類的小東西，隔了十天八天，紙幣都佈滿香氣。我們的大腦邊緣系統對氣味很敏感，而且能打通記憶。記憶，遠離現實，多少有點麻醉作用。我們洗浴時精神舒爽，洗浴後元氣淋漓，還有特別的安全感，煩惱事全忘掉，說不定就是香味日積月累為我們儲滿記憶的結果。

不過，氣味的感覺因人而異，難聞的氣味假如能喚起我們的深層記憶，就比跟我們毫無關係的香味更為真實。莎士比亞說：「爛百合花比野草更臭得難受。」那是因為百合花已變質，而野草還生機茂盛。到了這麼大年紀我還不討厭微腥的海風、鍋底的飯焦，以至於炮竹的煙火、新油的牆漆、火車的黑煙，它們都有各自的個性和氣味，使我想記很多愉快的時光，在我的內心組織着記憶的圖畫。

二〇一五·四·十一

·/ 鷹的故事

窗外，一隻深褐色的鳥倏地掠過，抓住一棵金合歡最高的枝條，虛張聲勢叫了幾聲。張眼一望，是一隻樹鵲，不是盼望很久的老鷹。有時坐巴士經過昂船洲，不自覺地往小山丘上望去，眼力所及卻是一片空白，不見鳥飛。要是不在密封的車廂而在野外，也許憑聽覺可以辨別它們的動向。一聲尖銳有力的長嘯，接着是幾聲短促的啁啾，標誌着黑鳶飛近，找到它們展露捕獵本能的場地。

黑鳶（black kite），即我們常叫的麻鷹、老鷹。昂船洲是它們多年棲息的一片土地。那裏高地本來有一片綠林，近水處容易捕捉兩棲類動物，它們以此為食，海面的腐肉也可飽腹。近年由於道路的開發和貨櫃碼頭的擴建，這個

「麻鷹島」已無復舊觀。黑鳶是敏感的環境觀察者，它們陸續遷離、另尋棲息之所，實在無可奈何。

我還是很小的時候，有一天，一個相熟的鄰居走來家中，滿有興致對我們說：「南灣海面出現了一隻大鷹，飛啊飛的，張開翅膀有十呎闊！」她把兩手平肩伸起，描述它的翼展：「比我張開兩手還闊。」這件濠江軼事我早已淡忘，大概也沒有幾個澳門人能記起。已故作家方寬烈先生在他的書裏提及，我的記憶才猛然醒轉。翼展十呎，體長便逾三呎，在猛禽類中確實罕見。

在鷹科和隼科的家族中，香港的留鳥，除黑鳶外還有蛇鵰（crested serpent eagle）和游隼（peregrine falcon）。蛇鵰，顧名思義，喜捕捉蛇類為食。但蛇的數量在香港郊野也日漸減少，蛇鵰缺乏天然食物，捕食能力大概也衰退了。雖願作留鳥，也難耐飢腸轆轆。新界嘉道理農場有一個庇護站，收養的正是一頭失去捕食能力的蛇鵰。

論飛行速度，游隼是鳥中的王者，能以每小時三百公里的空速（airspeed）俯衝，掠取幼小鳥類為食。以香港海域之廣、幼鳥繁殖之量，游隼不會絕跡。

最怕是海洋污染日甚，幼鳥本身也感染了各類病毒，鷙鳥餐後也自身不保！怪不得給猶太人大力抬舉的老鷹，卻又被指為不潔之物。《申命記》還記載了以下猛禽的名號——鵰、鳶、隼、鷂、鴞，但都不可以拿來烹吃，否則會送掉性命。

談到老鷹，很多人都聽過那「鷹的再生」故事。大衛的詩篇提到「祂以福樂使你的心願滿足，以致你好像鷹一般恢復青春的活力。」這大概是故事源頭之一。「恢復青春的活力」一句，舊譯本作「返老還童」。這「返老還童」的故事說：鷹最老可活到七十歲，但到了四十歲，它的羽毛長得太密，變得粗糙不整，飛不起來。它的一雙爪子退化，無法抓住獵物。它鈎狀的喙子變得過分彎曲，軟弱無力，不能捕吃。於是它在石頭上磨掉喙子，直到完全脫落，等候新喙長出來。再以新長出的喙把指甲一根一根拔出來。新指甲長出來後，再用爪子把不好的羽毛除掉和修理。這過程需時數月，其間要忍受寂寞和痛苦。新羽毛長成後，老鷹能夠再次飛翔，並能再過三十年歲月。

這故事中重生的鷹，已接近神話中引火自焚的鳳凰了。不過，根據生物學家分析，鷹的壽命約二十年，也不會經歷上述再生的過程。科學上「鷹的再生」是站不住腳的。猶太先知對鷹的頌讚，是隱喻的說法，他們相信上帝能賜人「再生」的力量。

保護雛鳥，展翅上揚，回復青春，鷹的故事說之不盡。不論故事真實與否，都不應使人氣餒。別看它低微地吃蟲抓鳥，當它張揚一對「若垂天之雲」的巨翅，或引體上升，或高速滑翔，或盤旋而下，就叫所有大小鳥兒聞風喪膽。只要看看不同民族的圖騰、徽章、旗幟、貨幣、商標上面，常見雄鷹展翅，就明白它不是簡單的飛禽。像鷹一樣活着，表示目光銳利，能看透世態人情；像鷹一樣活着，也表示氣魄宏大，既能開拓也能包容。它不是掠奪者而是天地間的智者。

二〇一六・四・二七

自述平生

發表文章，作者名字旁邊常有簡單小傳，介紹作者給讀者認識。從前文人作文，到了篇末，在姓名之前也常加署籍貫。詩、詞、文評皆擅的元好問是山西人，寫文章不忘自稱「河東元某」。清代古文家姚姬傳的名作〈登泰山記〉，我們背誦時也不能漏掉末句——「桐城姚鼐記」。姚鼐的家鄉出了幾個散文家，地靈人傑，不表揚一下就浪費了。

展示籍貫，讓讀者辨識身分，難免給人感到霸氣。「桐城姚鼐」的封號一出，就跟桐城的「姚乃」、「姚鼎」或「潼關姚鼐」、「桐鄉姚鼐」分別開來：桐城文章，「只此一家，別無分店」。不過，執筆寫作的人，遇到同名同姓、籍貫或常居地也相同的情況，就要用其他方法來顯示差異了。性別、年齡、職業（寫作以外）、榮銜、著作等等，都是常見的加署資料。

「年齡是女性的秘密」，坦白道出還不如籠蓋一層面紗，增加神秘感。一位作者自稱「女，九十後」。我得弄明白她是「出生於上世紀九十年代」哪一年——可以是一九九九年或一九九一年。八年的差距，不啻「少女」跟「少婦」之別了。

文章駁雜，氣質自見。作者性別年齒，也所謂「自然流露」，彰之無助，不如隱之更妙。隱去年齡標籤，就避開了「老氣橫秋」或「老而彌堅」的毀譽。文章多一分含蓄蘊藉，豈不更值得欣賞？

一位作者自報「多年從事金融和保險業」。要是他寫的文章跟財經無關，這個介紹就不必要。假如他有非凡的履歷，像「曾任職巴郡投資部主管」、「曾出任某跨國保險公司董事十年」之類，說服力也許稍強一點。

很多資歷其實不必縷述。從事殯儀業的人若要寫文章，大概也不必自稱「曾有主理大型喪禮經驗逾三十年」吧？要是有一天奧巴馬竟淪為爬格子動物，試想他在名字旁邊加上「曾任美國總統八年」的自述，能幫助他拿到更優渥的稿費嗎？

有一種日漸普遍的自我介紹方式，是自述癖好。一位作者說自己「愛好旅遊，足跡遍及歐、美、非」，另一位說「養貓十年」，又一位說「愛收集古董玩具」。這又彷彿回到使人懷舊的「徵筆友」年代。

癖好離不開經驗，而經驗十分獨特，可謂「各如其面」，不易與人雷同。但很少作者會將真實經驗和盤托出——「曾酗酒」、「家有一妻四子」、「好聲色犬馬」——無論這些經驗跟文章有何等密切的關係。

還有一種自述是議論式的，可說符合林語堂先生所謂展示「個人筆調」，文章裏有文章。有一位作者寫道：「某大學碩士，喜舞文弄墨，以作育英才為理想，壯歲嘗遊巴黎，在凱旋門下領略法國大革命之豪情，又曾在萬里長城上，感受國家民族之偉大。蒙各大刊物編輯不棄和多年鼓勵，已發表著作十餘萬字。現在某大學攻讀文學博士……」

這是預告式的介紹，不過還是散文筆法。一些生平自述，卻像詩歌。像這一條：「處女座，好幻想。常燈下沈吟，雨中漫步。喜繪畫和唱歌。」文學是想像，作家們沒有寫出實際年齡，代以生肖、命宮，誰可厚非？「生肖屬羊，積極於環保，喜歡戶外活動」，作者的性格還不呼之欲出？

短短幾句的介紹印在紙上，言詞難免閃爍。讀者看後有什麼回饋，並沒有一點保證，彷彿是隔空發聲。有些作者乾脆寫上回郵地址，以俟雙方進一步認識。現在流行電子信箱，印出來更顯時髦。像這一類自述：「某學術基金會主席」、「某機構公關部主任」、「新書大型推廣活動策展人」等，看過後不應掉以輕心。這是一隻伸出來讓你握牢的手，只等你主動連繫。

培根（Francis Bacon）說：「聲譽如河川，只負起虛浮腫脹之物，厚重堅實者卻被淹蓋。」當一個作者自述平生時，往往不能分辨自己道德功業之厚實，委實也難宣之於口。像「曾職會計卅年」，是一家衣食之所賴，或「常與良朋淺斟低唱」，是生活樂趣之所寄，絕對厚實而無偽，但作者卻大多不會書之於自述，卻換了一堆浮名和虛銜。

作者小傳是否就是作者生平的縮寫？

人生匆匆，寒來暑往，即使累積了數以百計的榮銜，也不過是寒暑表上不斷轉變的記錄，肯定是不完整的。法朗士（Anatole France）說：「文學不過是自傳而已」，只要文章出自真誠，就是最活潑最真實的自述平生。

二〇一六・六・一

胡說黑白

「黑白照片，別騙我！」這句從沒對自己說過的話，這幾天常在心裏打轉。去美術館看了萊辛（Erich Lessing）的攝影展，也許照片太「逼真」，路上回來，一時竟忘記眾多色彩。最打動我是一張黑白照：布拉格一間小商店的門口，穿起厚厚大衣的人進店買東西，行色匆匆，街上有雪。至於買不買到一條麵包出來，則由觀者自忖了。照片的力量來自畫面簡單的線條，一種暗示把我們的眼光和心思凝聚於此。六十年前，這還是一個行使食物配給制度的國家，經濟正日走下坡。

「別騙我，黑白照片——」心裏還犯嘀咕。假使當時用特藝七彩拍一副凍死骨，在鋪滿白雪的電車路邊血肉鮮明地擱着，那才叫寫實，我又真正回到幼稚的心態。正如上世紀六十年代，剛有「彩色電視機」這玩意時，四出打聽哪家哪戶添置了一部，找機會一看現代科技。找到了，但大部分節目也還是黑白的。《歡樂今宵》是黑白的，《新聞報道》是黑白的，所有彩色攝製的影片都是黑白的。「騙人」的話竟又說出口，不知道原來要「彩色播放」，節目需經過特別的顯像處理。

到我們真正擁有一部彩色電視機、而所有節目都以彩色播放時，一種奇怪的失落情緒又悄然而生。電視機有一個推桿式按鈕，可把彩色調校到黑白，有時我下意識地把節目轉換成黑白色，那忽然「脫色」的效果，像是眼睛出了毛病，又或是世界忽然荒腔走板，失去層次。電視入侵生活已到了某個臨界點，我們被色彩包圍，寵慣了，卻不自覺。

把歷史定調為一種單元色，彷彿是一種「集體負責制」。黑白，把本來鮮活的形象設定為二色。Black and white。白紙黑字就是檔案（document），就是權威。只能有一種解釋，非左則右，或貶或褒，雖或正確，到底也是一種單調。最近對日據時代的香港興趣忽濃，但那些發生在聖士提反書院的可怕衝突，餓殍處處的口述歷史，都缺乏文獻或圖片可徵信。心頭一悶，找愛玲女士〈傾城之戀〉重讀。雖見不到很多硝煙和灰燼，但還有一對黑白女角，也有不少衣飾描寫。薩黑荑妮的銀色蔻丹、銀堆花鑲滾披肩，這色澤就把范柳原的眼睛勾了去。還有淺水灣那面牆，月光中閃着銀鱗。銀色，半黑半白，也就是某種參差對照。反之，淺水灣畔那幾叢影樹，沒法在活人眼中展示出它的紅來。

人不為己，天誅地滅。「香港的陷落成全了她」——白流蘇，愛玲女士用千萬人失去性命的戰爭來烘托一個女人的婚姻，這麼一個諷刺，顯然已為戰爭定調了。但生死不過一瞬之間的事，人就變得自私。這場戰爭，論「集體負責制」，也數不到區區幾個平凡百姓。但我們的色彩大師假如能走到前線，也許事實會充分一點，色譜也會擴充一點，不用我們仰賴不確切的口述歷史了。

那天回到可算是我的「故里」——草堆街。街上有一棟舊房子整棟給夷平了。豁出的空間，在一排還保留下來的相連房子中活像脫掉一隻蛀牙。那鄰屋的一邊牆身，如今真有切膚之痛，紅磚青苔暴露在日光下，給政府特聘的藝術家噴上大大的一幅塗鴉。這色彩的回歸，並沒使周邊老房子顯出可觀的古典韻味。閉上眼睛，我也能指認這街上吃的、用的、穿的，曾經出現的更活潑的色彩。當然，記憶已比「藍田日暖玉生煙」更虛無飄渺。

雖然這樣說，我並不反對黑白。這二元色能帶出一種距離，讓人站在遠處，反省所見的一切。最近嘗試寫幾個故事，裏面的情景在視覺上特別調成黑白二色，還特別為它們配了一些黑白鋼筆畫。這固然是玩藝。但每次面對黑白照片時，我盡可能在心裏還原它們的「本色」，也假設背後有一個故事。有嗎？當然。

不是牆，是路

校園繁忙的通道上，人來人往，一個瘦伶伶，臉色不好的男孩，坐在一部電動輪椅上，避開走動的人，慢慢前行。有一條喉管安放在他嘴部位置，隨時供給他氧氣。有一個人在他身邊，隨時為他抹嘴抹汗。怕是他的爸爸吧，一個上了年紀的人，背有點彎，步履緩慢。他的動作，完全反映他的內心：遲緩、衰弱，但還要苦撐下去。

不用說，弱能的學生，要考上大學，比健全的人遇到更多困難，要有加倍的意志才可克服障礙。比如，校園的梯級可有特殊設備讓輪椅上落，出入課室是否不便，緊急支援如何配合等等。能做到的我們都去做：他們可以活動自如，正常學習。報紙常常刊載：弱能學生的成績如何優異，公開試拿到多少甲級。還有傷殘奧運會，香港選手成績不俗。文憑一紙、金牌一塊，彷彿能掩蓋無言的辛酸。

從不憂愁的傷殘者，大概很少，假如不是絕無。別人的眼光，彷彿總帶着嫌棄，要你想到自身的不幸。即使是同情和憐憫，還不過一把刀子迎面晃動，閃着艱難的現實和不測的命運。輪椅上的人甚至會懷疑身邊的人：「照顧我，是為了什麼？」義務、責任、憐恤、希望——每個答案都不及愛心具體，疑問卻不一定能解除。

上中學一年級時，有一個患小兒痲痺的同學，常與我同路而行。他走路不好看，但在路上，大家常常說笑，毫無芥蒂。第二年要坐電車，我們相約在站上等候，每當上電車時，我常要扶他一把。因為腿子彎曲，他拉着鐵杆攀登，顯得十分吃力。但後來我想，除瘸腿的不幸，他是一個比我快樂的人。

十多年後，我到一所中學教書。同事中一位女老師，腿子有毛病，下課時，我在走廊經過，總看見她彳亍而行，彷彿在給別人讓路。她纖瘦的身影，以及因雙腿長短不一致所做成的身體特殊的起伏，使我留下很深的印象。我和她的交往只限於點頭和說一些關於學生的事情。我那時很想說：「你多一點笑吧。你笑會更美，你會為自己和別人增添快樂。」但我為什麼不說呢？

我們通常認為，有病的人不想別人提及他的病，所以談話時也盡量選擇其他話題。但這豈不是阻隔了他與這世界的溝通？但一般人也只能把同情存放於心內，不會經常表露於日常言談。文字之交中，也有身體殘障的。在寫作或別些事情上，他們很能幹。大家也總是談天氣、談藝術，不談身體和健康的問題。事實上大家也在製造心理抑壓，好像那早已不行的腿子還隱藏着說不出的神秘。

那位癱瘓在床十三年的年青人阿斌，寫信給首長，要求給他「安樂死」。於本來愛好體育、打算當教師，一次體操練習弄傷了脊椎，自此不能行動。於是，事業如夢幻，愛情成泡影。自然地，他從沒想過有此境遇，從沒有心理準備，事後也不感到是上天的旨意，因此，這癱瘓要比死亡痛苦得多。翻一個正常的筋斗，卻跌進一個荒謬的處境。肉體動彈不得，這還算了，頭腦好像也給封鎖，不能為所要想的去想，例如，求生，因為他畢竟未死。但癱子想走動，獲得最大的肉體自由度，那豈不荒謬？癱子也有尊嚴，不想請求人別人為他餵食或搔癢，但這尊嚴誰能體諒？說穿了，社會是由大多數人組成的，它不會為一個癱子的思想而改變它的習俗常規。

找不到餘下生命的意義，發出「安樂死」的要求，是應該同情的。健全的人也不敢肯定假如自己不能行動，會作若何想法。寫慰問卡，捐一點錢，勸勉幾句，不過從健康人的角度看事情。殘障者的心理仍像隔着一層厚厚的牆，大多數健康的人不能看清楚。

但他們知道自己的想法。手指、腳步、目光不能觸及之處，他們能想到的都去想。海倫．凱勒（Helen Keller）集盲、聾、啞於一身，卻怪開眼的人不擅觀看，寫了那篇有名的〈給我三天視力〉。她說，假使自己有一天能重得光明，必定把人把風景把博物館看個徹底。海倫．凱勒畢竟還能走動，還能用手撫摸銀樺光潤的樹皮，感受花朵絲絨般柔軟的質地。有些人只是斷了幾根手指，或面孔長得不太端正的，卻喪失活下去的勇氣。但我們應該給予同情，而不是冷眼。說他們不夠苦，而用極端的情況為例去訓斥他們，豈不是硬心腸？

不幸者通常會問：「為什麼偏偏是我？」這樣問下去，心結越纏越大。倒是以幽默迎接不幸更好。有人問史鐵生想過死沒有。他答：「別着急，死亡是無論怎樣耽擱也不會錯過的事。」但他熬過來，還寫了不少散文。〈我與地壇〉寫他在輪椅相伴下看地壇十五年的人去人來，生命的流轉。這樣看世界，把史鐵生練就成一個哲學家：

要是沒有了殘疾，健全會否因其司空見慣而變得膩煩和乏味呢？……所有的人都一樣健康、漂亮、聰慧、高尚，結果會怎樣呢？怕是人間的劇目就全要收場了，一個失去差別的世界將是一條死水，是一塊沒有感覺也沒有肥力的沙漠。

殘疾不應該是一道厚厚的牆，阻礙生命的提升。反之，殘疾是一條通往自我認知之路，雖然看來幽閴崎嶇。殘疾也是新生活的開始，雖然沒有人願意選擇。

正在讀「超人」克里斯托弗．里夫（Christopher Reeve）的自傳散文集《沒有不可能的事》（*Nothing is Impossible*），傳來「超人」的死訊。據聞里夫死於心臟衰竭，這位人類的救星、不死的英雄，是美國人的夢幻。在恐怖主義抬頭的時代，他淡出銀幕，卻因墮馬受傷，成為癱子。他以不撓的意志，化癱瘓為力量，在餘下的歲月拍電影、演說、籌款，做一位稱職的父親和公民。里夫生前極力主張胚胎幹細胞的研究，這種用於復修受創傷脊椎神經的治療法，已在其他國家取得成功案例，但在美國，保守派還是把複製和摧毀細胞等同於殺害生命，大力反對。假如里夫從沒受傷，他就不會有傷患的經歷，而正是傷患的經歷使他感到世上有不公平事，因此一心一意要爭取民主和公義。治療性克隆（therapeutic cloning）如能使癱者站起來，誰又能說這不是上天給予絕望者的一種公義？

有一篇書評說里夫「因為災禍而變得頭腦清楚」。里夫面對不可扭轉的現實，不是回顧，把前塵看成一場夢。反之，他嘗試適應新生活，爭取幹細胞的醫學研究能早日合法。里夫的前半生沒有深厚的信仰根基，但災禍反使他的信心增強。那些知其不可而為之的事，正正表現了阿斌所希望爭取的尊嚴。

同里夫比較，史鐵生更像是一個東方的智者。殘廢的人，只要有好德行，他們還是活得快樂的。二千多年前，莊周在〈德充符〉裏就這樣告誡世人。看來，殘障不會直接創造智慧，應該說，殘障扭轉了個人和社會的一般關係。世俗價值不再對我產生作用，世界忽然澄明開闊，我可以在個人的「思想草地」上翻滾跳躍，不必再依隨世俗的標準。我走特別的路，我看特別的風景，我棲身於特別的家園。別人乍看，是狂狷，是誇張，是可憐，但久而久之，可能艷羨不已：他們不能如此。腿子要用來走路、開車、赴約，跳過人生種種障礙，跳過了還那麼不堪回首。莊周卻對那些兩腿健全的說：「你們應要有更好的德行，瞧那些沒腿的！」

讀錢穆先生的《人生十論》，領會了儒家對死亡的態度。那就是：人可以隨時死，而不必掛慮，那就是死於道義。因為人生的責任雖不會因生命的終結而終結，卻以個體死亡為某種意義下的完成，「人當在道義中生，即可在道義中死。」錢先生這番話，讀來有些悲觀，大概生命有限而責任無窮，故時時以此自省。那時正是風雨飄搖的五十年代，一次塌屋意外還使他受了傷。

諷刺的是，對於殘障者，「安樂死」卻不一定是死於安樂、死於道義。生已無可戀，死亦何樂哉？植物人那樣延續生命，盼望一個天曉得的治癒機會，合於道義否？病者恐也不以為然，於是企圖「殺身成仁」，以「安樂死」釋放他人的憂慮。但他人之心，病者也不能看透。

「超人」里夫自傳的末章以燈塔為喻，認為人生雖充滿風浪，但總可找到出路，創造看來不可能的事。里夫的勇氣，全在於能忘記過去、開展新生。他的下半生雖然坎坷，仍可為自己和他人注入意義。「超人」就這樣「復活」了，雖然這看似一個美國夢，一個世俗樂於延續的神話。

二〇〇四・十一・三十

∴ 偵探是吃什麼的？

偵探是人，當然是吃飯的。在小說裏現身的偵探，或支取公費，或私人執業，吃起飯來卻大異其趣。最使人想起的愛吃偵探，大概是史陶特（Rex Stout）筆下的沃爾富（Nero Wolfe）。此人是大胖子、美食老饕；足不出戶，最怕坐火車。陽台遍植各種蘭花，啤酒不離手。一日三餐，最愛鯡魚子，用以調弄多樣菜式；烤鴨炆鴨總吃不厭。聽到名廚比試廚藝，不愛出門也得趕赴盛會。請來的廚子費茨手藝不凡，助手阿奇（Archie Goodwin）平時很少跟胖子一起吃飯，偶爾嘗嘗費茨自製的玉米條、黑莓果醬和培根肉，就奉為上帝的美饌。史陶特把小說裏提及的各種菜色，寫成一部《沃爾富食譜》，十分暢銷。

克里斯蒂（Agatha Christie）讀了史陶特，說自己也飽嘗了一頓美食。她筆下偵探的餐桌，卻不怎樣豐富。波洛早餐吃法式麵包，馬波小姐愛英式下午茶，兩人談不上是美食家，偶然去一趟夏蕙或麗池，點菜也很隨便。克里絲蒂筆下另一對偵探拍檔湯美和杜本絲（Tommy and Tuppence），因為年輕，胃口好一點，但總是處於逆境才有食慾。在《年輕冒險家》（*The Secret Adversary*）裏，湯美隻身走入惡棍巢穴，不慎被擊暈，被囚於黑暗的密室。湯美一心要破案卻動彈不得，作者寫道：「眼前苦難重重，最直接的一樁是飢餓。湯美有旺盛的食慾，但如今要享用一頓有牛排配炸薯片的午餐，似乎是屬於另一個世紀的事。」

湯美幸得內應幫助，終於脫險，離開囚室前還吃了頓飽，沒去理會食物是否下了毒。偵探假如被惡棍逮住，有幸得到飲食的供應，其實就不用擔心對方毒害自己。因為惡棍要致偵探於死地，不必等上兩三天，方法也很多，不必費神烹調，給他們最後的晚餐。

話雖如此，在探案過程中，偵探必須小心飲食，一防誤中敵方的毒餌，再防吃得太多太飽，有礙行動。據華生說，福爾摩斯生活很有規律，吃了早飯就工作，但查案時他似乎從不吃飽。福爾摩斯並非一心枵腹，好叫腦筋更清醒，只是案情棘手，食之無味。當案情有了轉機時，心情也會好轉，不自覺地飢腸轆轆。《四簽名》裏他請華生吃飯，還擺出法國人的派頭，答應半小時內就能弄出一道生蠔和一對燒松雞，並配以醇美的白酒款客。其實福爾摩斯廚藝不精，他這樣說，也許到頭來是到店子外買。當時哈德遜太太不在貝克街，平時一日三餐都是這位房東為他們張羅的。

像沃爾富那樣的偵探，越吃越有破案靈感，到底少有。對廚藝一竅不通，也許不會影響偵查，但美酒佳餚往往又同案件扯上關係。賽耶絲（Dorothy L. Sayers）筆下的溫西，風流儒雅，憑他的美食經驗，在《強力毒藥》（*Strong Poison*）裏破解了一宗食物下毒案。案中兇手如何在雞蛋裏放砒霜，死者如何親手調弄甜品，毒藥又如何在兩人體內產生不同的反應，溫西描述得一絲不苟。如非真懂烹調，豈能如此？溫西是賽耶絲虛擬的傾慕對象，她不會期望一個真實的溫西只懂破案不懂烹飪。

有些偵探，既不常坐家中的安樂椅，也不愛調弄羹湯，很少機會能吃一頓美食。一般親力親為或所謂「冷硬派」偵探，更是啃麵包、喝咖啡一族，吃一頓餓一頓的。西墨農（Georges Simenon）筆下的馬戈，平時在家吃得一般，到遠方工作，遇到好酒美食也不會抗拒。品嘗一頓豐富的午餐，幾乎是一個不可或缺的辦案程序。在《我的探長朋友》（*Mon Ami Margiet*）裏，馬戈南下一個漁港。南方料理野味十足，走進簡陋的餐廳，撲鼻是大蒜、紅辣椒、番紅花的濃郁味道。那隨同馬戈一起學習辦案的英國警官，吃慣了英式下午茶，第一課就是要學習吃串燒紅喉雀，喝濃烈的茴香酒。

不是每個偵探在外地公幹時都吃得愜意。馬丁貝克（Martin Beck）大概是偵探中最沒有口福的。這位由一對瑞典夫妻作家合力塑造的大偵探，在辦公室指揮若定，不幸與妻子離異，吃得不好可想而知。在《弒警犯》裏，他飛往南部馬爾摩辦案，機上的咖啡難喝至極，機場裏的熱狗攤售賣的合成食物，令他無法下嚥。貝克碰上當地警察，東道主沒有什麼招呼他，聽到又是咖啡、奶油、乳酪、橘子醬之類的合成食物，無奈地只說要一杯茶。七十年前康有為到瑞典考察，看見貧民也吃到「牛肉一片及麵包牛奶」，馬丁貝克的食用，相比之下還有所不如。

大多數偵探都吃得不好，這恐怕是小說家有意塑造的事實。要保持頭腦清醒，預防食物中毒，偵探查案時難免要約束食慾，其次便是謹言慎行。克里斯蒂的〈意外〉寫一個自作聰明的退役督察，試圖阻止一樁謀殺時反被滅口，就因為沒想清楚：你的對手可能偽裝成廚子，或本來就是個一流的調酒師，用掩眼法在你的杯裏放砒霜。

二〇一二・三・十六

卷四

史臆

∴ 煙耶雲耶，皆由心造

面前是趙松雪的一紙行書橫卷，以大字書寫蘇軾的七言古詩：《書王定國煙江疊嶂圖》。現藏遼寧省博物館。詩是名詩，畫是名畫，書法融晉唐的典雅蒼勁而又圓轉流麗，允為雋品。松雪這橫卷曾藏於清內府，乾隆曾拿來作鈎填本的底稿。現存的一幅，有人懷疑是摹本，有人更認為並非出自趙氏手筆。但因其筋骨勻稱、毫鋒流麗、墨色濃淡得宜，即使不是真跡，也被評為上乘之作。

趙孟頫兼工楷行，傳品極多。據說他日書萬字，精研歷代碑帖，能默記前人筆法，直接摹出。摹本與真本在燈光下對疊，幾乎絲毫不差。趙氏最為人詬病的，是他以宋室貴族身份，出仕元朝，為韃靼人歌功頌德。後人因此有意無意地貶抑他的藝術成就。徐復觀在《中國藝術精神》裏指松雪少負才藝，不甘被埋沒，詩文中卻常有歸隱之思，出仕則帶來內心的矛盾，情況猶如陶淵明。當他看到王定國的畫作，有感於懷，便書此大字橫幅。

真的假不了，假的，當然也真不了。不少古代名家書畫，經反覆鑑定後被判為贋品。反過來，不少所謂贋品也可以給平反為真跡。王定國原名王詵，是宋英宗的女婿。這個駙馬才藝不凡，卻又生性風流，與公主感情不好。王詵在家裏築了一個寶繪堂，收藏歷代名畫，招聚蘇軾、黃庭堅、米芾等文學之士，日夕觀摩。烏台詩案後，蘇軾被貶官，看了王詵的《煙江疊嶂圖》，題了一首詩在作品後面，詩有句云：「使君何處得此本？點綴毫末分清妍。」好像不太肯定作者是誰，其實作者是王詵本人。此畫傳到了明代，已有人懷疑其屬偽作，書跋、畫作更常離離合合，附在畫後的東坡筆墨也變得可疑起來。上世紀五十年代就有人指出：「此畫面熟，是公認的假畫！」

王詵的《煙江疊嶂圖》連同蘇軾的書法，現藏上海博物館。有一位謝稚柳先生向物主買來，花了可蓋一棟房子的價錢。他不信這畫是假的。《煙江疊嶂圖》後來交到一位文物鑑定家鍾銀蘭女士手中，她以王詵其他作品與此畫逐筆比較，研究了差不多二十年，鑑定其為真跡，並說服博物館一群專家，一致同意列入國寶級藏品。

「江上愁心千疊山，浮空積翠如雲煙。煙耶雲耶遠莫知，煙空雲散山依然。」蘇軾的題畫詩摹寫畫意，栩栩如在眼前，表達了隱遁山林的思想，同王詵感情相通。趙孟頫看過畫作，書成大字橫卷，前人的詩情畫意也應了然於胸。這就是文化的感染和承傳。歷代不少畫士的摹本、仿本，如果都帶着這一番歸隱山林的意念，其實都「假」不了。

趙松雪的書法自然不是蘇東坡的書法，那大字橫卷也不必模仿東坡的字體。但一個尊重傳統的人，在標舉自我風格之餘，或許也會向前人致敬。松雪的書法，流麗中略見蒼勁。寫到「江山清空我塵土，雖有去路尋無緣」時，墨色已淡，字與字作曲折的「牽絲」，如縷縷斷腸，似是體會東坡貶謫的「愁心」，或有感自己去路無多，欲隱而不得隱。以字論字，趙松雪這卷書法的結體點畫，頗有一點東坡書寫〈黃州寒食詩〉的風韻。《黃州寒食詩》是中國三大行書之一，松雪書寫他的詩作，多少也受蘇書的影響。

同朋友聚會，一友出示珍愛的玉石，另一友鑑別其真偽，二人為此頗有爭持。其實所謂真偽，端視物主的感受。即使身邊一切皆為「面熟」的贗品，只要愛之若真，豈必勉強畫分真偽？反過來看，即使你身邊擁有的一切皆為真實，而你並不因此活得更快樂，那又算得什麼？「煙耶雲耶遠莫知，煙空雲散山依然」，縹緲的煙雲，浮空積翠的山嶂皆由心造。趙松雪的書法，我還要多看幾眼。鑑定真偽，是何其沉重的人生煩惱。

二〇一〇・八・二

∴/ 像聲戲劇家

常任俠在〈談中國的雜技〉裏，認為口技來自鄉村兒童遊戲，是從模仿禽畜的叫聲發展出來的。但最早記諸文獻運用口技者卻非兒童，而是戰國四公子之一孟嘗君門下一個食客。孟嘗君被困秦國，在危急的關頭，這食客扮雞啼哄騙守關士兵，幫助他的主公離開強秦。能有此一技之長，可能是從童年時開始練習得來的。

活在戰國時代，大概不能單以口技博得主人留用。口技的職業化，要到宋代。孟元老的《東京夢華錄》記宋徽宗做壽，「教坊樂人效百禽鳴，內外肅然，只聞半空和鳴，若鸞鳳翔集。」教坊樂人的歌唱得好了，就學不同的鳥叫，為皇帝虛構一個國泰民安的祥瑞，用聲音去粉飾太平了。

清代是口技的全盛期。不知是否人和鳥的發音系統相近，口技藝人也多以學「百鳥音」為能事。但高察敦崇在《燕京歲時記》稱口技者「並能作南腔北調，嬉笑怒罵，以一人而兼之，聽之歷歷也」。清代藝人模仿各類人語、各種聲音，使口技的內容更為戲劇化，滿足了觀眾對聽故事的要求。李調元有詩詠口技藝人：「萬狀千聲聽不盡，揚州只數郭貓兒。」郭貓兒應該是清代口技大師之一，他能扮男女老少以及各類禽畜，也能模仿殺豬聲、傾水聲、磨刀聲。

林嗣環在〈秋聲詩自序〉裏也記及北京城裏一個善口技者：他坐在一個屏障後，能用嘴巴演一齣短劇。這短劇上半部是母親哄孩子睡覺聲，下半部鬧出了一樁失火事件，千百人求救的聲音此起彼落。屏幕前的賓客都「變色離席，兩股戰戰，幾欲先走。」

「像聲」是雜技的一門，現代的雜技團偶然也有這項目。我看過的口技表演者大多穿着整齊，站在台上，效禽畜鳴叫，也會捏捏臉龐、翹翹嘴唇，發出一些汽車或火車的開動聲。但相比於清代的口技者，現代像聲似乎遜色得多。從前表演者只要一架屏風，隱身一樣，就構造出一個疑幻疑真的情境。有時站在廣場上直接表演，不必燈光背景的烘托，而觀眾反應之強烈也足以說明它高度傳真。現代像聲假如還不過是一些雞犬貓雀，何勞要惺惺作態躲在屏風後面？沒有舞台設計，又缺乏故事，現代口技給人的臨即感便大大減低。

清初，口技者都集中於北京、揚州等煙花之地，泰半以賣藝為生，也有兼以販賣為業的。《聊齋誌異》〈口技〉裏的女子就是個賣藥郎中，故事說：有人向她問病，女子佯說不能給他開藥方，必須要到夜間求神問方。女郎請來了三個仙姑，各有一個奴婢隨行，又有小兒和貓兒同來。室外一群人只聽到室內六個女人的聲音，小孩學話和貓叫此起彼落，好不熱鬧。後來又聽到女郎中向仙姑求藥方，三位仙姑就議論起來，有說參好，有說芪好，有說白朮好。女郎請仙姑寫藥方交給病者，病者見是神仙所開，自然信以為靈，就向女郎買了白朮，但服後並不甚效。蒲松齡不相信有狐仙現身幫助她，認為女郎是靠口技去推銷所賣藥材而已。

在電視劇還未流行的年代，很多人喜歡扭開收音機聽廣播劇。有些劇集是單由一位播音員全力負責。這位播音員要用幾把聲音代劇中人說話，還要跳出故事來講述節情變化。可是我聽了一段時間，就覺得很乏味。那幾把聲音，除高低抑揚稍為不同，其實都很相近，論像聲技巧，當然和郭貓兒、女郎中相去甚遠，至少他們就不會模仿汽車、樂器聲而必須仰賴錄音。假如今日還有像清代「像聲戲劇家」那樣技藝高超的大師在世，我甘於接受任何聲音的欺騙。

二〇一三．十．十七

龔自珍的書法

龔自珍詩、詞、古文做得好，但仕途不順利，官階最高也只是七、八品。龔自珍氣憤，認為自己不被重用，是朝廷不滿意他的書法。他寫了一篇〈干祿新書自序〉，諷刺朝廷以書法取士的荒謬。

首先，考進士試的要闖「殿試」一關，考生寫了策論，初審的官員選取十人進入最後決選。選核的一個標準，是「楷法光致」。這種書法又稱「館閣體」。皇帝看過考卷，選出三人為進士。殿試之後五、六日，設「朝考」，是做官資格試，也要寫一遍工整的楷書。為謹慎起見，殿試後十日還有一個「覆試」，當然也要以楷書答題。三次考試成績都好，就可以授予翰林院官職。朝廷裏的六部尚書和封疆大臣，多出身於翰林院。

沒進入翰林院的可以去報考軍機處，不過一樣要通過書法來遴選。京官有缺，可提拔新科進士充任，考核試叫「考差」，要考上必須能寫出一手優秀的楷書。翰林院裏的官員還有一個出路，就是當御史。御史「主言朝廷是非，百姓疾苦，及天下所不便事者」，責任重大，不過一樣要考核。考核的成績不論好壞，書法如非恭楷，也必落選。

龔自珍殿上三試都不及格，皆因書法不好。他不能入翰林和軍機處，於是叫女兒、媳婦、侍妾、寵婢勤習書法，還對人說：「我家婦人無一不可入翰林者。」

清代書法，史稱中興。初年有王鐸、傅山等工行書，康乾以後，趙孟頫、董其昌頗為時人所追慕。中葉以後，出土碑文愈多，碑學獨盛，書法家多兼治金石學。但無論是帖是碑，書法的個人氣質漸漸淡出。參加科舉考試，最重要的還是練好館閣體。從龔自珍現存的書帖看來，行體扁闊，轉折如波磔，確有一種奇氣。現存的一篇《柳子厚貞符》，純以館閣為模，筆筆秀麗，以此出入考場，應能及格。

不過，對比他的好友林則徐的楷書，龔自珍就只能拿個乙等。林則徐抄寫《佛說阿彌陀經》，楷書一絲不苟，結構無懈可擊，這才是典型的館閣體。與定庵的楷書比較，兩者有精粗之別，那細微的差異，就決定一個能入翰林，日後任兩廣總督、官階一品、執掌虎門銷煙的國事，另一個雖欲馳騁仕途，卻只能作個小官。然而，「落紅不是無情物，化作春泥更護花」，龔自珍假如做了大官，也許就寫不出這樣的詩來，換來是中國文學的損失。

貴族的復仇

——「荊軻刺秦王」史像臆探

有關荊軻入秦廷行刺秦王嬴政失敗的事跡，史學家歷來都不持懷疑態度。這不奇怪：事發當日，用藥囊投擲荊軻、阻止他追殺秦王的御醫夏無且，把故事完完整整講給大儒董仲舒聽，董仲舒再轉述給《史記．刺客列傳》的作者司馬遷（前一四五——前八六）。如此看來，故事的可信程度應該很高。

使人放心不下的，不是轉述者和記錄者是否可靠，而是目擊者夏無且的記憶力和口述材料的準確度。董仲舒生於公元前一七九年，要是他十歲時聽到刺秦故事並牢牢記住，四五十年後講給年輕的司馬遷聽，那麼夏無且當時大概已九十歲了。怎樣推算的呢？就假設這御醫活到公元前一六九年（董仲舒十歲左右），往前推算九十年，恰好就是公元前二五九年。公元前二五九年有什麼特別呢？熟悉歷史的人一口便能答出：這是秦王嬴政出生的年份。這樣說，夏無且是與秦始皇同年出生嗎？我沒作這個假設。我所假設的是，一般御醫，年紀總該不小。刺秦發生在公元前二二七年，嬴政三十三歲，他該不會有信心聘請一個比他年輕的醫生隨侍在側吧？要假設夏無且與嬴政年齡相約或稍為年輕，還必須同時假設他有接近九十歲的壽命。年壽雖長（也許靠補藥之助），記憶力不一定好。老人家在小孩子面前說起秦國歷史上一件大事，而自己還是當事人，難免眉飛色舞、添油加醬；即使梗概不變，細節還需斟酌，說到底當時還沒有攝錄機拍下刺秦經過啊。

秦王嬴政的佩劍

就從最為人津津樂道，無論情景、造句，讀古文者再三圈點的一節開始吧。當時秦王叫荊軻把秦舞陽手裏的地圖呈上：

> 軻既取圖奏之，秦王發圖，圖窮而匕首見，因左手把秦王之袖，而右手持匕首揕之。未至身，秦王驚，自引而起，袖絕；拔劍，劍長，操其室〔劍鞘〕；時惶急，劍堅，故不可立拔。

這一個經典片段，我記不起有哪部電影或電視劇拍得一如史書所述。要拍好這個鏡頭，就要弄清楚秦王拔劍的情況。史傳說：秦王受驚站起來，要拔劍，劍身太長，當時只能握住劍鞘。但劍身被劍鞘緊緊套住，不能拔出，秦王只好握着未拔的劍，繞着殿裏的柱子走，無法擺脫荊軻的追殺。史書續寫道：

> 左右乃曰：「王負劍。」負劍，遂拔以擊荊軻，斷其左股。

有人把「王負劍」語譯為「大王可以把劍推到背後去拔」（韓兆琦：《史記精華》）、「大王趕快把劍推到背上去拔」（張大可：《史記新注》）、「把劍推到背上」（郭預衡、劉盼遂主編：《中國歷代散文選》）。但劍身緊緊套在鞘內不能拔出，何故把劍推到背後就能？

我想起五十年代的粵語武俠電影，闖蕩江湖的俠士把劍都繫在背後，拔劍時把手後彎，在耳側位置把劍拉出。後來有武術指導解釋這是不可能的；用這種方法拍攝，無非是要使拔劍的姿勢清脆利落。要把劍整柄拔出，拔劍的人先要解開胸前繫住劍鞘的索帶，把劍除下，一手握着劍鞘頂部，另一手拉出劍刃。只要兩手不太短，劍身不長於一百厘米，拔劍出鞘應該不成問題。但司馬遷（或夏無且）說「劍堅，不可立拔」。要成功拔劍，為什麼先把劍推到背後或背上去拔？秦王在惶亂中握着繫在腰間的佩劍，怎可能很容易把它推到背部？

粵語電影的滑稽背劍方法可以說明：把劍背着，不可能直接把整個劍身拔出。《康熙字典》解釋「負」的意思：「《釋名》：負，背也。置項背也。《玉篇》：擔也，或作偩」。「負劍」中的「負」應作「擔負」於「項背」解，即以肩托劍。秦王是把劍放在肩上，不是「推到背後」。幾位《史記》學者說秦王把劍推到背後去拔，是假設劍鞘是用繩帶繫在左邊腰間（否則就不能作出「推」

的動作），這個推斷頗可商榷。有什麼證據顯示秦王接待荊軻時是把劍繫在腰間？他要擺好姿勢拍個皇帝造型照嗎？秦王檢閱地圖時，大有可能是屈膝坐着，把劍放在身旁。惶急中，他握劍不能立拔，群臣提醒他可以負劍，秦王就把劍托在肩上，右手拉劍（假如他不是左撇子），但左手還必須同時後彎，緊持劍鞘的末端，以肩頭作為支點，「借力」把劍拔出。七十年代以後的武俠電影裏，不少劍客把劍托在肩上，看來有點浪蕩不羈，但可以迅速拔劍交鋒，足證「負劍」即「以肩負劍」。

戰國時有一部稗史《燕丹子》也記載了刺秦故事，情節有別。書中說秦王給荊軻脅持，臨行前叫歌姬唱曲，歌姬唱道：

羅縠單衣，可掣而絕。
八尺屏風，可超而越。
鹿盧之劍，可負而拔。

歌詞提醒了剛被荊軻扯斷衣袖的嬴政可以跳到屏風裏躲避，然後背着鹿盧寶劍，拉出劍刃。荊軻不諳音樂和秦語，聽不明白，竟讓嬴政得逞反撲。這段《史記》所沒有的情節，讀來浪漫，但要是拿來改編成電影，只會弄出笑話。稍有常識的人都會想到：荊軻既能脅持秦王，怎可能讓他有絲毫活動的空間？有一位著名導演，在他那部刺秦電影裏，竟讓秦王允許荊軻帶劍進殿。這個改編與《燕丹子》真是相映成趣，但同樣遠離史實。

把刺秦故事形象化最早見於漢代。在山東省嘉祥武氏祠發現的一塊畫像石，描述荊軻追逐秦王，栩栩如生，比電影不遑多讓。畫像的中央，一把帶穗的匕首穿透殿柱，匕首之鋒利使人寒心。左邊的荊軻已落帽散髮，欲追秦王，卻被一名侍臣攔腰抱住（夏無且沒此動作）。柱旁的盒子放了樊於期首級，秦舞陽嚇得滾在地上。秦王袖子被扯斷，在半空飄動，欲向右邊逃走，一手舉劍（劍不在圖內），回望荊軻。因構圖是以秦王向右邊方向逃走（腳尖向右方），作者表現他反身回望的姿勢，故看似左手舉劍。秦王旁邊有一名手持劍盾的衛士，只是乾着急，不能到殿上護主。

對於在秦始皇兵馬俑出土的青銅劍，不少考古學家讚不絕口，認為秦國鑄劍技術高超出眾，甚至認為「好大喜功」的嬴政當日就是佩着一把長近一百厘米的青銅劍。無論如何，那把不能輕易拔出、又長又緊幾乎引致他喪命的劍，實在是秦國造劍技術的一大諷刺。假如鹿盧劍那麼不濟事，我們有理由懷疑夏無且的口述材料。它沒可能擊敗荊軻手上那柄「見血封喉」的匕首，或者輕易砍斷一個人的股骨。

刺秦計劃舉棋不定

弄清楚王負劍的細微動作，再看看整個行刺計劃的可疑之處。

太子丹的計劃，是模仿曹沫當年以匕首脅持齊桓公，令齊桓公歸還侵佔魯國之地。他對荊軻說：「誠得劫秦王，使悉反諸侯侵地」，這是A計劃。A計劃不成功的話，就以匕首刺殺秦王，引致秦國內亂，六國可以乘機合縱抗秦。這是B計劃。但《史記》說，荊軻先以匕首揕秦王，不成功，則環柱追逐秦王。荊軻最後身披八創，罵着對秦王說：「事所以不成者，以欲生劫之，必得約契以報太子也。」頭腦清醒的讀者，都會發覺荊軻把計劃倒轉過來，先B而後A。這不是很奇怪嗎？太子明明吩咐荊軻劫不成才刺殺，荊軻怎麼臨時改變了計劃？

有人認為，是秦舞陽誤了大事。因為他腿軟發抖，秦王才命他拿地圖來看。原來的安排不是這個提早實行的B計劃，荊軻必定有一個周密的劫持方案，可是流產了。但可以問問大家，這計劃是怎樣的？假如荊軻有此計劃，而必須與那「居遠未來」的搭檔合作才可以有望成功，為何不先向太子丹陳說計劃的利害，而貿然入秦？

一個成功的行刺，不但要計劃周詳，還要多次綵排，如同今日的軍事演練。有幾個最低限度的考慮：匕首的毒性、嬴政的武藝、咸陽宮廷侍衛的武裝和逃走路線等等。六國時代，到處都是探子和間諜，要了解這些細節並不困難，困難在於遇到事態變化時，刺客要怎樣隨機應變。

首先，整個行刺或劫持計劃，在創意上沒有很大的突破。曹沫劫持齊桓公已是四百多年前的事，太子丹泥古不化，硬要沿用這個方式。春秋時代政治人物還講一點信用，戰國以後就說不準了。至於把匕首放在地圖裏，也跟專諸把魚腸劍放到糖醋魚裏行刺吳王僚如出一轍。自嫪毒（粵音「路靄」，秦王母親趙太后的寵臣）亂後，嬴政自必把禁宮的保安系統提升到最高級別，以免餘黨反撲。他下令滿朝文武在殿上不得攜帶兵器，讓他們在殿下互相監視，這就大大減低了被暗殺的可能。對於荊軻，偌大的一個宮殿任他操縱，這是絕無僅有的一個黃金機會。無論他要劫持或刺殺，不必即時對付一群武功高強的侍衛，任務便更可能成功。

易水之上，淒風蕭蕭、壯士高歌，高漸離的筑聲奏起了凶兆的主題。一片悲劇的氣氛，預示了一次因準備不足而導致的國家悲劇。在一片愁雲慘霧中，旁人不好質疑：荊軻等了很久的那個搭檔，是真有其人還是子虛烏有？若真有其人，為何還沒有來到燕國？可以再多等一兩個月嗎？

事實告訴我們，荊軻不是故意拖延，好讓自己在人間多享幾天福。他是受不了無以報答知遇之恩這種精神壓力，才逼不及待，問樊於期借人頭，先做了前期工作，再多等兩三天。他以直接殺死嬴政的計劃來刺激樊於期自刎的決心，但心裏還應保留着劫持的計劃。「事所以不成者，以欲生劫之，必得約契以報太子也。」當時的目擊證人夏無且聽到荊軻這番話，必定一頭霧水：你哪像是要劫秦王？你是要他的命啊！司馬遷於前文補述了在燕國宮廷裏主子客卿之間的計議，讀者便明白荊軻此語並非妄發。荊軻臨終之言，增添了這位刺客的人格深度——他一直在等待最好的時機，打算以最好的準備、跟最優秀的搭檔一起赴秦，可是這個理由不能再三拿來交換不成行的事實。美人在你枕畔已經不太耐煩了，樊於期的頭顱更不能多耽幾天。太子丹見信物已備，也擺臉催促荊軻起行：「日子不多了（日已盡矣——原文），你不走，那就派秦舞陽代替你去刺殺秦王吧！」荊軻想到既然朋友不來了，劫持計劃就不能放在首位來考慮。看他回答太子時怒氣有多大，便知此行不利：「用得着你這麼催促我嗎？如果一去回不來，那就是個窩囊廢（往而不返者，豎子也——原文）！再說，就拿着這一把匕首去那個變化莫測的秦國行刺，不好好準備怎樣行呢？……您現在嫌我拖延，那我就馬上告辭！」（韓兆琦語譯）

因此，不能怪秦舞陽，不是他破壞了劫持秦王的計劃，是荊軻自己盤算這計劃的成功機會很微。只是，在與秦王肉搏時，他忽然轉念，不再用匕首攻擊對方，而是重新啟動計劃B，要生擒秦王，逼他簽約，完成大事。計劃改來改去，舉棋不定，失敗是必然的結果，同「劍術」好不好、跑得快不快關係不大。

「一卷輿圖計已粗，單車竟入虎狼都！」清代詩人馮廷櫆在〈荊軻故里〉有這樣的評語。你可以推崇荊軻「知其不可為而為之」的精神，但不能否定，他的刺秦計劃實在有點粗疏，連荊軻自己也心知肚明。

貴族式的復仇悲劇

從前讀陶淵明的〈咏荊軻〉詩，總是受到朱熹的影響，認為這位田園詩人也有豪放的一面。重讀《史記》後，這想法雖沒有很大改變，對於詩人的史識，卻有另一番體會。詩歌的前八句說：

燕丹善養士，志在報強嬴。
招集百夫良，歲暮得荊卿。
君子死知己，提劍出燕京；
素驥鳴廣陌，慷慨送我行。

就〈刺客列傳〉所記，我們無法同意太子丹「善養士」，這位太子從來沒有為振興燕國招集過多少人才。在秦國當人質時，他跟本有一點交情的嬴政發生磨擦，回國後想找機會報仇。他報仇的動機不良，卻拿六國危機為理由，要部署一次刺秦行動。老師鞠武向他申明正確的抗秦方案，他不依從，因為合縱之計曠日持久，不能即時見效，讓他好消一口氣。他收留了秦國叛將樊於期，簡直是向嬴政示威，卻不明白這位叛將是燕國的負資產，正好給了秦國伐燕的口實。我們看不見太子丹有一群才華出眾的門下客。田光先生是老師鞠武推薦的，他根本不知道燕國有這樣一個智勇雙全的人。可惜田光先生年事已高，精力衰竭，難圖國事。至於荊軻，也不是他在菜市或酒家發掘出來的。若非田光先生明查暗訪，邂逅荊軻並向他引薦，他還白白錯過。他最大的本領，不過是在死囚裏找到一個秦舞陽。然而，這位既不知行刺藝術也欠缺國際經驗的殺人犯，怎可以充當荊卿的副手？

好讀書的田園詩人，不會看走了眼，把心胸淺狹的燕丹當作一個大義凜然的愛國志士。細讀〈咏荊軻〉，在歌頌英雄氣慨的主旋律下，一種諷刺意味隱隱透露出來。無疑，詩人十分欣賞豪俠義士的情操，對他們毫無拘謹在鬧市裏高歌酣飲有一種由衷的嚮往，正面去歌頌不足為奇。詩人更嚮往士為知己者用、主客交心的精神境界，這個境界甚至可以把荊軻一些人格上的小節擱置不提。且舉三事為例：第一，荊軻性格衝動、不耐煩，讀書、擊劍都沒有很大的成績。這在他「以術說衛元君」不效，以及跟蓋聶、魯句踐鬧意見等事上可見一斑。第二，他沒有很大的自知之明。在刺秦或劫秦的計劃上，他沒有做好部署工作，倉卒答應了太子丹的請求，到搭檔遲遲不來，也沒有坦誠向太子丹表白計劃終將失敗。第三，他沉醉於自己貴為上卿的身份，在享受着燕國最上等的物質供應時，不去反省這種行刺計劃假若失敗將會為國家人民帶來怎樣可怕的後果。

為了報仇而物色一名刺客，以最好的規格接待他，美酒佳餚天天供應，寶物珍玩從國庫裏拿出來當禮物，私人坐駕早已安排好，還有能歌擅舞的美姬侍枕達旦，怎能說燕丹不是「善養士」？他一心一意「志在報強嬴」，你能說他沒有志氣？但把這兩句詩合在一起，那就變成諷刺了。為了一丁點個人恩怨而作出危害社稷的行動，詩人難道還要豎起拇指去稱讚？詩句表面說「善」，所指的其實是「不善」；表面說有「志」，其實是敗壞了真正的「志」。經過千挑百選，到了國家快將滅亡的時候才得到荊軻。「歲暮」喻意甚明（同太子丹一句「日已盡矣」可謂「文本互涉」），而「強嬴」表示入秦勝算甚微、必成悲劇。這樣寫，凸顯了太子丹的「不善」和「喪志」，是烘托之筆，諷意內透。中國古典詩這種手法很普遍。白居易在〈長恨歌〉說「漢王重色思傾國，御宇多年求不得」（一國之君多年來只想找個絕色女子來顛覆李唐江山），同「燕丹善養士，志在報強嬴」有異曲同工之處。

讀刺秦故事之餘，不妨從另一個角度看看荊軻的人格特質。

他是春秋時代齊國貴族慶氏的後裔，〈刺客列傳〉五位刺客中以他的家世最為顯赫。慶氏的血統可上推到齊桓公的庶子公子無虧。公子無虧得易牙之助（易牙就是那位把親生兒子烹了給桓公品嘗的廚子），當上國君，但僅三個月就被推翻。他的後代就是慶氏，後人慶克、慶封都當過齊國大夫，因參與亂事，在國內遭到其他世族排擠，最後遷到衛國落戶。這已是公元前六世紀的事。慶氏的一個後人慶軻，有見於家族顯赫的地位已成過去，憑着從讀了一堆雜書學來的治國門路，嘗試向衛元君自薦效命。然而這個小國君主大概被他的豪言壯語嚇呆了，不敢收留他。慶軻這時開始學習劍術，聽到劍術一代宗師蓋聶在趙國，便跑去跟他論劍。談了片刻，在一個要緊的技術問題上，慶軻答錯了。蓋聶知道慶軻劍術段數未夠，但見他是貴族之後，不好面叱，只瞪了他一眼氣走他。慶軻心情不好，跑到邯鄲散心，同一個棋手魯句踐手談，因為棋品不好，又遭魯句踐喝罵着趕走。「我還是一個貴族麼？」他自問道。他把姓氏也改了，頗想跟過去的我說再見。這位如今叫做荊軻的失意之士，流浪到屠戶之中，發現這群滿身臭味的小人物比那些自命不凡的貴族和政客更為可親。就這樣他認識了田光、高漸離、宋意等一群義士，他們對世事深感悲哀卻又無能為力。在酒酣耳熱之際，慶軻展露他不為世用的感傷，眉宇間似乎有一股天將降大任於斯人的氣脈。那把着酒杯聽他講述志向的田光先生，一邊點頭，一邊想：「這位慶卿豈不像當年的我，想幹一番事業，卻不為時用？」

至於太子丹，他忘不了多年來燕國被秦國壓迫，更忘不了他在當人質時與秦王交惡的經過，他想到很遠，想到春秋時代的曹沫：「只要有一個像曹沫的勇士去劫持嬴政——這個世上最有權力的人——六國的形勢便可以扭轉，我也可以一雪前恥。當年他取笑我是個無用的窩囊廢……」

荊軻跟太子，不是「因誤會而結合」，他們是彼此了解清楚、同意合作的，可說以禮相待，也可說各有所圖。荊軻希望能實現他的英雄思想，但要是他能放下那一身貴族出身的心理包袱，而太子也能夠理性一點，多做一點外交工作，謀求合縱，這刺秦的計劃也許就被擱置一邊。不過歷史誰能預測？也許一切抗秦之舉都只能苟延殘喘。幾年間，秦滅六國，是歷史叫它更快地給推翻。歷史安排了一位輕生死、重言諾的刺客出場，不過提示人們封建社會滅亡的必然命運。誰要幻想自己能守住一個小國當貴族，逞一時之快以竟奇功，歷史卻不由他去實現。荊軻的行動激發了高漸離和張良，但他們的行刺計劃都不收效。陳勝和吳廣卻以一枝竹竿開始了亡秦的倒數，因為歷史對他們說：「時間到了！」

二〇一四・三

王者的內心
——「鴻門會」史像探臆

一

翻讀《史記．項羽本紀》的「鴻門會」，一次又一次，總有一種莫名其妙的不快。那感覺，很像「漢姆雷特的兩難問題」（Hamlet's dilemma）——看過《王子復仇記》，聽過王子的獨白，也明白他佯狂裝瘋是要查明叔父的罪證，卻奇怪真相大白後，漢姆雷特為何遲遲不去手刃仇人。讀過「鴻門會」的人也總會問：何以在鴻門席上，項羽讓劉邦逃回漢營，促使楚漢相爭持續而最終是自處下風？這樣的失策能配得是一個霸王的作為？縱使表面杯酒言歡，而實在是刀光劍影的一幕，對於一個攻無不克的霸王來說，還需要什麼理由不去拿住一個勉強叫做「戰略夥伴」的劉邦，好增強稱霸的勝算？

一般古代散文選本，總是把《項羽本紀》剪裁成片段，但都完整保留「鴻門會」以供讀者鑑賞。曉得「文本互涉」的人一定認為，要解答鴻門之謎，必須先在劉邦、韓信、陳平等人的傳記查找項羽性格的弱點，再確定他失策的原因。「項王喑噁叱咤（發怒氣），千人皆廢，然不能任屬賢將，此特匹夫之勇耳。項王見人恭敬慈愛，言語嘔嘔（溫和貌），人有疾病，涕泣分食飲，至使人有功當封爵者，印刓敝（印章磨平了），忍不能予，此所謂婦人之仁也。」《淮陰侯列傳》中韓信這樣點評，實在精警生動。不過，最闊最遠的背景、最深刻有力的剖析，也離不開那個歷史場面。明明有人在項王耳邊提示：「（劉邦）志不在小，急擊忽失。」行動與否要當機立斷，在電光火石的偶然中完成歷史的必然。項羽在這一點上失敗了嗎，還是，他只是依從自己的心志而行……

二

「籍長八尺餘，力能扛鼎，才氣過人，雖吳中子弟，皆已憚籍矣。」在秦代，身長「八尺」的人有多高呢？以與秦制相近的漢代鐵尺計算，一尺，即公制二十三點一厘米。「八尺」就是一八四點八厘米，項羽的身高，用英制計算即約六呎多一點，這算不算很高呢？與今人比較，項羽的高度還不及身高一九一厘米的林書豪（美職盟籃球明星），不要說身高二二九厘米的小巨人姚明了。身高六呎，力氣就一定大得可以「拔山」嗎？且看今天奧運競技的舉重選手，身高都普通。「力能扛鼎」是很有氣勢的，但要看是什麼鼎。商代的「后母戊鼎」重逾八百公斤，是現存中國最重的青銅鼎。這種鼎中巨無霸，項羽當然舉不起，他舉的應該是百斤上下的中小型銅鼎。項羽學過書法，學不成再學劍，學得也不好，學兵法又一知半解。項羽與叔父項梁一同觀看秦始皇遊浙江，項羽衝口而出說出要被殺頭的話。綜合而言，司馬遷筆下的項羽，力氣過人，但不突出，有點小聰明，卻城府不深，內心所想，往往形諸外表，吳中子弟害怕項羽，恐怕不是他領導有方，而實在是被他暴戾的外表和絕對的權力所懾伏。

項羽的才能在「破釜沈舟」一役達到高峰。在戰無不勝的神級領導下，一個將領變成了偶像，只能令人害怕，卻不能使人敬佩。當權力上升到最高位，目中無人、自我崇拜的毛病卻隨之發作，最終也只能成為一個孤獨的極權者。然而，極權者也可以心狠手辣、先發制人，要是項羽能夠如此，說不定他就是最後的勝利者。但何以情況竟然背道而馳？鴻門一幕，司馬遷若「尚奇」，賣弄小說家筆法，那麼他史學家的地位就打了折扣。歷史有時顯現小說般的奇詭，這裏無需爭辯，但有幾件令人不解的問題，不作解釋是不能使人釋然的。這裏順着時序列出：

第一個問題，劉邦先入咸陽，項羽認為他要稱王，便打算揮軍擊破劉邦的軍隊。當時雙方兵力是四比一，項羽有絕大優勢，可是沒有馬上動兵。

第二個問題，項羽同意項伯之言要善待劉邦，換言之他不同意范增的意見在席上擒殺劉邦，范增命項莊舞劍，這舞劍殺劉邦的指令是否得項羽同意？

（無論是或否，都有矛盾。假如項羽同意，那何以他不回應范增舉玦的暗示？假如項羽不同意，范增、項莊之舉就是引向死罪的僭權，二人何來此膽量？）

第三個問題，項羽從不接受自己陣營中的謀士獻計，卻給漢營一個侍衛樊噲一番言論打動。

第四個問題，劉邦借口如廁逃去，抄芷陽小路回漢營，何以項羽一再錯失機會不去追捕？

這幾個令人困擾的問題，不妨逆向從最後一個開始梳理，因為這個問題比較簡單，只牽涉一點考證。

劉邦的軍隊當時駐於霸上（即滻水與灞水之間的白鹿原），楚軍駐於鴻門，兩軍相距四十里，隔了一座驪山。劉邦借口如廁，步行走了一段路到芷陽，抄小路回營，約需二十里腳程。試把這個地形想像為一把直角三角尺（把九十度角放在東南方）：行軍車馬走大路，必須繞過驪山，繞角尺的直角走；步行走小路，在驪山山腳切入，走角尺最長的一邊（芷陽在其中一點上）。劉邦到了芷陽，向張良說，「度我至軍中，公乃入（讓楚軍不能追及，你便可回去見項王）。」二十里腳程，需時多少？中國古代，里本來不是一種長度單位而是戶口單位，後來有「一里三百六十步」之說，每步六尺，以每尺合二十三點一厘米計算，一里約合四九八點九六米，正好是半公里。秦漢時代的二十里即等於今天的十公里，以跑十公里馬拉松的一般速度來說，需時約五十分鐘。年方半百的劉邦要跑畢全程，也真不容易。但試問，在這整整一個小時裏，項羽何以沒有嘗試追捕劉邦？他能夠追及嗎？

答案顯然是：項羽可追而不追，因為劉邦走後，即使范增再說動項羽去追，他也知道追不及。理由是，楚軍不是攻咸陽的先頭部隊，對地形不熟，就是追去，也沒有把握能夠追及，也許夜裏會有漢軍埋伏。如用重兵追去，耗時太多，劉邦早已回營，兵臨漢營亦即亮牌宣戰。這幾個理由都足以使項羽按兵不動。但最大的理由，可能還是因為項羽剛愎自用，認為追劉邦等於承認自己後知後覺，倒不如放手豪博一次：劉邦不敢作反，如廁半個時辰也屬必要。但離席太久是否有事，項王也關心起來了。原文說：「沛公已出，項王使都尉陳平召沛公。」看，是派人去召見，不是追捕，召不回也沒奈何，項羽根本無心殺劉邦。

在司馬遷這「不寫之寫」的一個小時裏，項羽最接近進入「分析型癱瘓」（analysis paralysis）狀態的漢姆雷特。想得太多，卻沒有一點兒行動。

第二個問題，是「鴻門會」中一個相當令人費解的疑難，稍後且作細論，先從解決第三個問題開始，因為很多電影和電視劇都嘗試拍好這個片段。不要隨便相信這些影視製作，軍帳裏各主要人物列坐的位置，不容亂編。樊噲由軍門直奔項羽帳中，是從東邊進入，假如他是面向朝東而坐的項羽和項伯，在他右邊（南面坐）是范增，在他左邊（北面坐）是主公劉邦。好了，有什麼比這個布置更似西洋歌劇院——正面是觀眾席，兩邊有包廂——更方便他在劍拔弩張之後作一幕動人的即興演說？

闖帳一幕的主角是樊噲，他的演出不壞，但幕後功臣是張良。因為是張良請他入帳的，這位堪稱「點子王」的留侯在選角和導演技術上絕對優於指導項莊舞劍的范增。范增必須選取一個精於劍舞的人來處理「一時失手」誤刺沛公的情節，但項莊演技不到家，老早給項伯識破。然而張良卻找來孔武有力、言詞魯直的樊噲，竟然護主成功。樊噲何許人也？不就是近身侍從沛公的衛士！他有膽量和口才向項王據理力爭嗎？

張良看出，膽量，樊噲是足夠的，口才，他不擔心，他就是不想找個辯士鼓其如簧之舌來說服項王。他要找個口舌笨笨的，卻又同主公肝膽相照的人。只要樊噲能表達事主的忠誠，只要這是肺腑之言，能從另一個角度讓項王加深沛公對自己忠心的印象，那便成功了。

文章裏有一個動作容易被忽略。當樊噲闖入營帳，瞪目視項羽，項羽「按劍而跽」。有別於跪和踞，「跽」是一個準備起身擊刺的姿勢，很顯然，項羽忽然感到自身安全受到威脅。這動作暴露了項羽對當時形勢的突發意識。毫無疑問，這是一種無意識。他雖貴為反秦共主，身邊有無數侍衛，卻一直感到或明或暗有不少敵人環伺，有在漢營或楚營的，說不定宗族裏還有子弟隨時向他倒戈。那按劍的動作使他暴露了自己的虛怯，因此馬上收回，又恢復他作為仁厚霸主平安坦然的氣概。（不過他還是小器，要奚落樊噲一下，賞他一塊生豬肉。）

誰曉得原來項羽一直扮演着仁厚之君？他自我陶醉了，作為仁厚之君，絕對不會出爾反爾。不幸的是，這良好的自我感覺削弱了他軍事上的直覺。剛才那幕劍舞是胡鬧，他甚至慶幸項伯也挺身而出，為劉邦擋住項莊直指沛公的劍鋒。「那姓范的幾乎陷我於不義，我怎可以做個忘恩負義的領袖！我哪有面目再見江東的……」這大概是那時項王腦子裏翻來覆去的想法。

這種心理背景是一條鑰匙，能夠開啓舞劍一幕複雜的人事及心理圖像。首先，范增請來項羽族弟項莊舞劍，目的是除去劉邦。這事難道能瞞過曾經學劍的項羽？退一步說，假設項羽完全不知道范增的圖謀，而劉邦給項莊刺中，應聲倒地，結果會是怎樣？情況很可能是：項莊向項王跪地謝罪，范增則向項王求情，力言這是一次意外，暗裏則向他曉以大義：「大王啊，這是一次成功的突襲！明天為沛公發喪，再收編漢軍，挺進咸陽，完成霸業！」劉邦若被刺殺，項羽最多不過輕責一下這個族弟，不會嚴懲，這結果也應在范增的計算之內。所以他不事先徵詢項羽同意便私下決定，值博率高啊。問題是，項羽並無除掉死敵的決心，只感到霸業在手，不必使用這些骯髒手段。因此項伯加入舞劍保護劉邦，他也不阻止，讓他們玩去。帳中歡飲，突然叫停娛樂節目，真是大煞風景。這約莫三十分鐘的舞劍片段，范增氣在心頭，劉邦坐不安席，張良滿肚密圈，誰想過那坐着看戲的項羽？他也有一絲猶豫、一絲寬容、一絲緊張，卻又有一種為王者置身事外的超然，心情多麼複雜。

三

「我不會偷偷摸摸去打一場勝仗。」(I will not steal a victory.) 那些有王者本色的人，出於自信，會做出一些別人看來違反常理的事情。亞歷山大大帝在高加米拉戰役面對強悍的波斯軍隊，波斯國王大流士三世出動了大象和刀輪戰車，看來是場硬仗。在大戰前夕，有將軍向亞歷山大建議夜襲大流士，亞歷山大不從，認為夜襲敵軍勝之不武。王者的特質，不單在人人可見的氣勢，還在那一份不為他人所理解的超然。不管是多麼有力的諫言或忠告，也不管是怎樣可取的奇謀或詭計，對王者來說，可以一概不理。戰爭和歷史，他還陌生嗎？還要旁人去饒舌？王者有意挪開歷史，因為他自己就是歷史！他眼中預見了一切即將發生：難纏的戰事快要結束，虞姬的歌舞和咸陽被焚毀時漫天的黑煙。同亞歷山大一樣，項王也不喜歡夜裏作事：「富貴不歸故鄉，如衣繡夜行，誰知之者！」在他內心的史冊裏，並沒有一幅宏大的中國地圖擴展到陝西。他的地圖上只有一個楚國和幾塊小封地，沒有具體的郡和縣。好幾個晚上他夢見江東的父老夾道歡迎他回國，而說到底，秦始皇嬴政也沒有向他報過夢，說明中央集權有怎樣的優點。

於是，一切就顯得合乎邏輯了。寫在他心裏的歷史將會這樣直書：四十萬楚軍進入咸陽城。但咸陽不是一個值得戀棧之地，憨子劉邦把它管好也沒用，我是江東人，那邊的父老正焦急地等着我回去呢。「是阿籍回來了……」一向把我看扁的叔舅嬸姨們都跑出來看我。咸陽城應從此在地圖上消失，於是他就下令：「點火！」

有意圖去做一件事，那怕艱難巨大，最終卻往往成功。沒有意圖去做一件事，那怕條件具備，聽之任之，事後才知道失諸交臂。劉邦和項羽的故事也許給我們這樣的一點教訓。不是天亡項羽，而是那杯酒，那把劍，那場演說，那條間道，以及那無端進入超然和麻木狀態的王者心志——這一切的結合。歷史不是小說，小說卻常常模仿歷史，那有點虛構感覺的歷史。司馬遷把「鴻門會」場景放大一點給我們看，就有那樣的效果。別老是批評他寫歷史像寫小說，要不然，虞姬早就像京旦一般出場唱戲了，何以在項王大敗時才稍稍露面？

二〇一三・九・十八

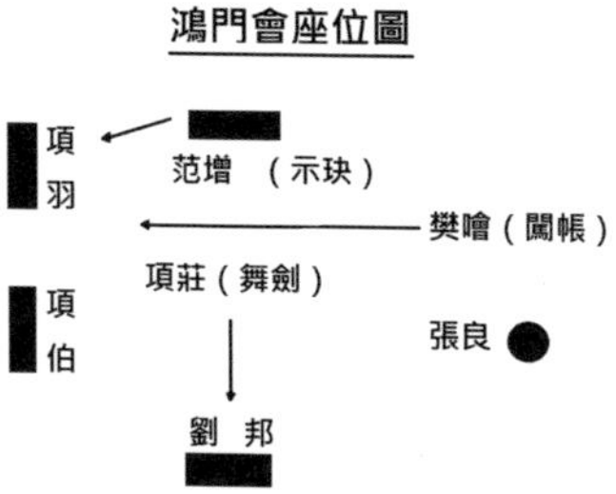

後記

每年秋盡冬來，近郊的楓香都由青綠轉為絳紅，大自然的規律，成為觀賞秋葉者的眼福。不假人工、天然去雕琢，這境界不能輕易企及。現實一點，把寫文章比作種菜，比如種萵苣吧，撒種施肥都按部就班，氣候也遷就生長了，但能否寫出關乎世情又有益人心的文字，還是未知之數。內行看門道，外行看熱鬧。近年無論是寫文章或讀文章，既不專看門道，也不單看熱鬧，但求把住一個準則：性情之所在。這四卷文字，大致分為旅遊、雜事、談藝、史臆各類，其為隨筆則一，是內心或潛意識的自然投影。在這方面，我幾乎同意法朗士所言：「文學不過是自傳而已。」雖說當今作者的自我已無足輕重，但我依然相信，漫山楓香，細看之下不會每枝每葉都一樣的紅，而遍地萵苣也有不一樣的肥脆可口。

〔遇上散文〕

楓香與蒿苣

責任編輯　黃杰華
裝幀設計　黃希欣
排　　版　時　潔
印　　務　林佳年

作者　陳德錦

出版　中華書局（香港）有限公司
香港北角英皇道四九九號北角工業大廈一樓 B
電話（852）2137 2338
傳真（852）2713 8202
電子郵件 info@chunghwabook.com.hk
網址 http://www.chunghwabook.com.hk

發行　香港聯合書刊物流有限公司
香港新界荃灣德士古道 220-248 號荃灣工業中心 16 樓
電話（852）2150 2100
傳真（852）2407 3062
電子郵件 info@suplogistics.com.hk

印刷　美雅印刷製本有限公司
香港觀塘榮業街六號海濱工業大廈四樓 A 室

版次　二〇二〇年十一月初版

規格　三十二開（190 mm×130 mm）

ISBN　978-988-8676-59-0